AF398801

LETTRES

D'UNE

TURQUE

A PARIS,

ECRITES A SA SOEUR

AU SERRAIL.

A AMSTERDAM,

Chez PIERRE MORTIER.

M. DCC. XXXI.

PREFACE.

A plûpart des per-
sonnes qui liront ces
Lettres, croiront qu'elles n'ont
point été écrites veritablement
par une Turque à Paris, à sa
Sœur à Constantinople. Mais si
elles plaisent au Lecteur sensé,
il s'en amusera, sans s'embar-
rasser de qui elles sont. Si elles
l'ennuyent, elles serviront à
l'en-

l'endormir. Un homme d'efprit tire parti de tout.

LETTRE

DE

LA COMTESSE DE ***

A

MONSIEUR D'AR.....

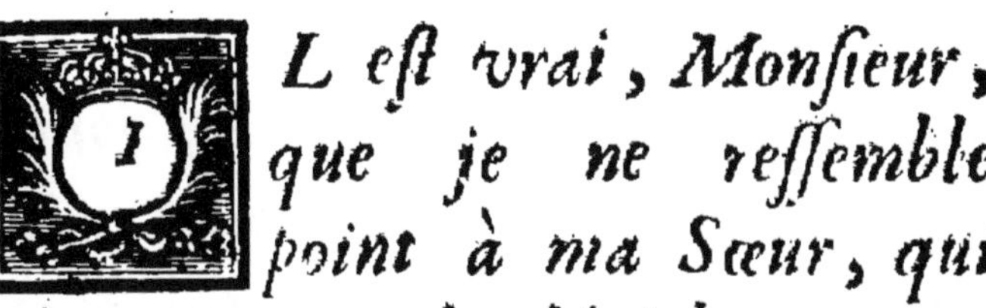

L est vrai, Monsieur, que je ne ressemble point à ma Sœur, qui a ses jours de dépêches, qui tient Bureau de Beaux Esprits chez elle; & qui va, dit-on, devenir incessamment Auteur. Je suis née si paresseuse, que je n'ai pres-

que

LET TRE.

que point de commerce avec mes
Amis, dès qu'ils font éloignés. Il
semble que mon esprit fatigue, lorfqu'il faut les aller chercher en Province ; & c'est une vraye peine
pour moi, d'être obligée d'écrire,
même fur des affaires domestiques
interessantes. Vous meriteriez cependant bien que je me fisse un effort ; mais vous seriez fâché de me
gêner. Au lieu de mes Lettres, je
vous envoye, pour vous amuser
dans votre retraite, celles d'une
Amie que je regrette tous les jours.
Je ne vous connoissois point encore, lorsqu'elle étoit chez moi. Vous
en auriez été enchanté, si vous l'a-
viez vûë. Elle avoit abordé en
France avec le Fils d'un Noble
Venitien, qui fut tué en duel le
jour

LETTRE.

jour même qu'ils devoient se marier, un an environ après leur arrivée dans ce Païs. Rosalide, c'étoit son nom, me parloit fort souvent d'une Sœur qu'elle avoit laissée à Constantinople ; & traduisoit en François, pour m'amuser, les Lettres qu'elle lui écrivoit en Turc. Elles me sont restées, avec plusieurs Bijoux qu'elle m'obligea de garder ; lorsqu'après la perte de son Mari, elle se retira dans le Couvent des Dames de . . . . où elle est morte depuis six mois. S'il y a quelque chose dans ces Lettres qui pique votre curiosité, & dont vous vouliez l'explication, venez la chercher ici ; car sûrement, je ne vous l'écrirai pas. Je suis lasse d'écrire, quoique je ne le sois jamais

de

LETTRE.

de vous aſsûrer que je ſuis bien ſin-
cerement, Monſieur, votre très-
humble & très-obéiſſante.

La C. de F.

LETTRES
TURQUES.

LETTRE I.

ROSALIDE à FATIME, *au Serrail du Boftangi.*

JE suis en France, ma chere Sœur : il y a trois jours, que je pris terre à Marseille. Juge de ma satisfaction, par l'inquiétude cruelle où j'ai vêcu pendant toute la navigation. Je craignois sans cesse que le vent ne vînt à changer, & ne nous rejettât sur les côtes que nous quittions. Je craignois que quelque Vaisseau Turc ne nous pourfuivît, & ne m'arrachât mon cher *Mazaro.* Si ce malheur nous fut arrivé, tu sçais dans quels supplices il eût perdu une vie où la mienne est at-

A   tachée.

tachée. Je fuyois le fommeil, qui me plongeoit dans des horreurseffrayantes. Mais enfin , nous fommes en fûreté. Avec quels fentimens nous nous fommes embraffés au Port ! Nous nous moüillions de nos larmes, & nous n'avions pas la force de parler. Ce feroit faire tort à la fenfibilité de notre joye pure , de vouloir l'exprimer.

J'ai reçu vifite des premieres perfonnes de la Ville. Quelques-unes m'ont invitée à manger chez elles ; car on mange les uns chez les autres , dans ce Païs-ci. On voit à la même table, des Hommes & des Femmes qui ne font point mariés enfemble. Un Mari , même , évite de fe trouver dans les maifons où va fa Femme ; & l'on diroit, aux foins qu'il prend de ne point faire paroître leur union pendant le jour, qu'il fe croit coupable envers la Societé, de lui avoir arraché une perfonne avec qui il s'eft lié particulierement. Je te parle des Gens de qualité : car parmi le Peuple, on reconnoît très-aifément le Mari & la Femme , aux querelles qu'ils ont toûjours enfemble.

Je pars demain pour Paris , d'où je t'écrirai. Je t'envoye la Copie d'une
Lettre

Lettre que Mazaro écrit à un de ses Parens. J'espere qu'elle t'interessera, par la part qu'a dans ce récit une Sœur qui t'aime, & qui t'aimera toute sa vie, en quelque lieu du Monde qu'elle soit. Adieu, ma chere Fatime.

Lettre du Comte MAZARO *au Marquis* PINIANI, *à Venise.*

ETANT obligé de quitter ma Patrie, comme vous sçavez, pour une affaire d'honneur, je fus pris par les Turcs dans la traversée de Venise à Marseille, & vendu à Constantinople au Chef des Esclaves du Grand-Visir *Hussem*, qui m'employa à la culture des Jardins.

Un jour que, fatigué de mes malheurs, & d'un travail si peu convenable à ma naissance, un profond sommeil m'avoit gagné, le Visir passa. J'arrêtai son attention. Il trouva quelque chose en moi qui lui plut, & se sentit touché de l'avilissement où la Fortune réduisoit un jeune homme, dont la physionomie promettoit une toute autre situation. Il m'éveilla, & comme il parloit bien l'Italien, il me fit plusieurs questions, ausquelles je répondis assez

 heu-

heureusement. Il ne se promenoit jamais, depuis, qu'il ne m'honorât d'un
long entretien.

L'heure où il avoit coûtume de paroître étoit déja passée, quand je le vis
un soir arriver avec une jeune personne,
audevant de qui je puis dire que mon
cœur vola, puisque, ne pouvant dis-
cerner encore ses attraits, j'étois cependant dans une inquiétude cruelle
que sa promenade ne la conduisît pas
près du lieu où je travaillois.

Ils s'approcherent, & le Visir m'a-
dressa la parole, à l'ordinaire. Mais,
sans lui répondre, j'étois dans cet éton-
nement où le cœur enchanté, croit que
les yeux ne lui portent pas encore assez
tout le plaisir qu'il devroit ressentir. Il
sourit de mon desordre ; & sa Fille, en
rougissant, (car c'étoit elle) passa dans
une autre Allée.

Je restai tout le soir & toute la nuit
dans une agitation, qui ne me permit
pas de fermer l'œil. La distance que
l'Esclavage mettoit entre celle que j'ai-
mois & moi, me faisoit sentir plus vivement que jamais les rigueurs de la
Fortune. Cependant, la bienveillan-
ce que me témoignoit Hussem, & la
façon

façon dont il avoit vû la naissance de ma passion, m'inspiroient je ne sçai quel présage heureux, que la Raison ne pouvoit étouffer.

Je me rendis de grand matin aux Jardins, pour être du moins dans un lieu où j'avois la veille admiré tant de charmes. J'y rêvois, plûtôt que je n'y travaillois, quand une Femme vint me dire que *Rosalide* m'ordonnoit de lui apporter un Bouquet de fleurs. Rosalide! la Fille de Hussem! lui répondis-je transporté. Avec quel empressement j'allai cüeillir ces fleurs! Avec quel trouble je les portai! Que l'emploi où l'Esclavage m'avoit attaché, me sembla alors brillant! Et que l'Amour pare avantageusement tout ce qui l'approche de son objet! Rosalide étoit encore au lit. Elle en sortit ses beaux bras, pour assembler les fleurs que je lui présentois; & mille graces en sortirent avec eux, dans le mouvement qu'elle fit.

J'eus ainsi, tous les matins, la douceur de la voir. Elle m'ordonnoit quelquefois de lui chanter des Airs Italiens; & je remarquois, par une certaine attention qu'elle me prêtoit, & que le plaisir de l'oreille seul ne fixe point, que

ma

ma voix avoit de l'intelligence avec
fon cœur. J'étois sûr qu'elle n'ignoroit
pas mon amour : mais je n'ofois m'a-
vancer à m'expliquer mieux ; lorfque
je fus favorifé par un Interprête d'une
nouvelle efpece.

J'élevois des oifeaux, à qui j'appre-
nois, pour m'amufer, à repeter quelques Airs. J'en avois inftruit un , plus
chéri que les autres, à prononcer, *Je
vous aime.* Un matin que j'entrois chez
Rofalide , il vole de deffus mon épaule
à fon cou , & en lui becquetant l'oreille, lui dit , *Je vous aime.* Ah ! qu'il eft
joli, ah qu'il eft joli, s'écria la Fille de
Huffem , en le baifant. Mon fidele Eco-
lier lui fouffle encore dans la bouche ,
Je vous aime ; & à chaque careffe qu'elle continua de lui faire , il repéta fa le-
çon à merveille. Mais ne fçait-il que
cela, me demanda-t'elle ? Je lui ai appris , répondis-je, comme je voulois
parler : daignez le garder, & lui apprendre comme vous voulez répondre. Il
le fçait déja , me répliqua Rofalide : ap-
pellez-le , il le dira. Elle prononça ces
mots en baiffant les yeux ; & la préfence du Vifir , qui entra dans le moment ,
m'obligea de me retirer.

Je

Je fus bien aife de pouvoir entretenir en liberté les idées flateufes, que me donnoit la déclaration que je venois d'entendre. Pour juger de ma fatisfaction, il faut être Amant, & même un de ces jeunes Amans dont le cœur n'a point fait d'effais, & trouve d'abord celui qui lui étoit prédeftiné. Avec quelle impatience j'attendis le foir! J'efpérois que Rofalide viendroit fe promener avec fon Pere, que je pourrois lui dire un mot; ou que, du moins, elle liroit dans mes yeux le bonheur dont elle m'avoit comblé, & qu'elle s'en fçauroit gré.

Mais la nuit approchoit déja, lorfque Huffem parut feul. Il avoit même l'air farouche. Il me fit figne de le fuivre dans une Allée couverte. J'avouë qu'il me prit un tremblement, dont l'homme le plus ferme n'eft point le maître dans certaines occafions. Le filence morne que gardoit le Vifir, redoubloit mes craintes; lorfqu'enfin, il le rompit en ces termes.

» Je fuis né à Salonique, de Parens
» Grecs. Je fus amené à Conftantino-
» ple, Efclave, comme tu l'es : mais je
A 4   » me

» me fentois des talens ; & les vils em-
» plois où l'on m'occupa d'abord, n'é-
» touffoient point ma prévention. Par
» mon zéle & mon activité, je plus à la
» Sultane , Mere de l'Empereur re-
» gnant. Elle me vanta à fon Fils, qui
» me fit paffer à fon fervice. Je fus d'a-
» bord Capigi-Baffa ; de-là , élevé à la
» Dignité de Baffa d'Alep ; & bientôt
» après , à celle de Gouverneur-Géné-
» ral de la Méfopotamie.

　» Par des liaifons fecrettes , que je
» pratiquai avec le Perfan, dont cette
» Province eft frontiere, je me prépa-
» rois dans mon Gouvernement une
» Souveraineté indépendante , où le
» Roi de Perfe & l'Empereur Ottoman,
» toûjours en guerre enfemble, auroient
» été obligés encore de ménager un
» Rebelle. Mais mes projets n'étoient
» pas en état, lorfque je fus rappellé à
» la Porte , où l'on me donna le Sceau
» de l'Empire. Je fus nommé pour com-
» mander l'Armée contre la Perfe. Je
» défis , en deux Batailles rangées,
» *Chah-Abas* fon Roi : je l'obligeai
» d'accepter une Paix honteufe. Com-
» blé d'honneurs & de biens, je revins
» dans cette Capitale, où l'Empereur
　　　　　　　　　　　　　　» des

« des Turcs me donna sa Fille en ma-
» riage.

» Ses bienfaits augmentent tous les
» jours ma puissance. Mais ces mêmes
» bienfaits marquent toûjours aussi,
» que je suis son Sujet. Cette grandeur
» n'est rien, dont un autre est l'appui.
» Je crains toûjours le Sultan, & qu'un
» caprice n'ouvre enfin quelque jour
» sous mes fausses grandeurs, l'abîme
» où il me précipitera.

» Je t'avouërai plus. Je consultai
» toûjours son visage, ses yeux, son
» accüeil, ses moindres paroles : j'en-
» trevois, depuis quelque tems, un
« accueil concerté : il s'est même un
» jour emporté avec moi jusqu'au re-
» proche. Mes soupçons redoublés éle-
» verent d'abord mes desseins ; mais je
» n'ai pas trouvé, dans les esprits, des
» dispositions favorables à mon ambi-
» tion. Il faut ceder au tems. Je veux
» fuir chez les Chrétiens ; d'où je pour-
» rois bien, s'ils se fioient en moi, en-
» voyer de furieuses tempêtes sur cet
» Empire que j'ai agrandi.

» J'ai deux Filles. L'une est mariée au
» Nischangi : je ne lui confierai donc pas
» mon secret. Tu connois l'autre ; tu

A 5

» l'ai-

» l'aimes ; elle a du panchant pour ta
» Religion : je vous unirai enfemble ,
» dans un Païs de liberté. Il faut que tu
» achetes un Vaiffeau, que tu y affem-
» bles des gens de ta Nation , & des
» François fur-tout : ils font fideles &
» déterminés. Mais garde-toi de te con-
» fier à des Turcs : ils font trop efclaves,
» pour connoître l'honneur d'un fecret.
» Tu m'inftruiras tous les jours , de ce
» que tu auras fait , & quand il fera
» tems , je te remettrai ma Fille , mes
» richeffes, & ma perfonne.

En prononçant ces mots, il me quitta. Dès le lendemain , j'allai au Port.
J'y trouvai des Italiens, les uns libres ,
les autres efclaves , qui me connoif-
foient , & qui m'embrafferent avec
cette fenfibilité qu'infpire aux gens d'u-
ne même Nation une infortune commune. Je leur parai, fans trop m'ou-
vrir d'abord ; enfuite , je m'avançai
davantage , & j'avois enfin pris des me-
fures certaines, lorfqu'un foir, rentrant
chez le Vifir pour lui rendre compte, &
l'affurer prefque d'un heureux fuccès,
je vis que le Sultan l'avoit prévenu. Le
Boftangi venoit de lui apporter un ordre de lui remettre le Sceau de l'Empire ;

re; & enfuite un fecond commande-
ment de l'Empereur, de lui envoyer fa
tête. Huffem demanda à parler à l'Empereur. Je n'ai point ordre de te conduire au Serrail, répondit le Boftangi;
mais de te faire ôter la vie tout-à-l'heure. Fais donc ton devoir, s'écria le Vifir. Et en même tems il préfenta fon
cou aux Capigis, qui l'étranglerent.

Ma chere Rofalide fe retira auprès de
fa Sœur, & quelques jours s'étoient
écoulés fans que j'euffe entendu parler
d'elle : lorfqu'elle me fit dire par un
Efclave fidele, de continuer toûjours à
tout préparer pour notre départ. Je lui
mandai, que tout étoit prêt ; que je
n'attendois que fes ordres ; que le vent
étoit favorable ; & que fi elle vouloit
me marquer le lieu où je pourrois la recevoir , nous ferions , avant la fin de la
nuit, loin de Conftantinople.

Je n'attendis pas longtems fa répon-
fe. Elle me l'apporta elle-même , dé-
guifée en jeune Efclave Turc. Notre
navigation a été heureufe. Je fuis arrivé hier à Marfeille , d'où je pars pour
Paris.

Je ne t'ai fait, mon cher Coufin ,
tout ce long détail , que pour te pré-

parer sur la nouvelle que tu recevras bientôt de mon mariage. Je n'attens que l'agrément de mon Pere, à qui j'écris aussi. Dès que j'aurai reçu sa réponse, dans les bras d'une Epouse charmante, je serai le plus heureux des hommes.

Je suis bien sincerement, mon cher Cousin, &c.

LETTRE II.

ROSALIDE à FATIME.

IL y a huit jours, que je suis à Paris. Je ne puis démêler encore, si les François estiment véritablement les Etrangers ; ou s'ils veulent, par vanité, s'en faire estimer. Croyent-ils, qu'ils ne peuvent, par trop de bonnes façons, adoucir la situation d'une personne, à qui la Nature a été assez marâtre pour ne pas fixer sa naissance dans leur climat ? Je ne sçai : mais il est sûr que c'est une espece d'avantage dans leur Païs, de n'être point né parmi eux. Il n'y a sortes de politesses, que je ne reçoive tous les jours : jusques aux petites gens s'empressent, sans dessein même que je paye leurs services.

Une Dame de la connoissance de Mazuro, me proposa hier de sortir avec elle. Le char où nous étions arrêta vis-à-vis une maison, où nous entrâmes à travers une Troupe de gens armés, qui s'ouvrirent pour nous laisser passer. Nous montâmes à une petite chambre,

que

que l'on referma fur nous avec un grand bruit de clefs. Nous étions dans l'obf-curité. Je ne fçavois que penfer du lieu où l'on m'avoit conduite, lorfqu'une clarté brillante éclaira tout à coup un Spectacle magnifique. A ce qu'on m'en avoit déja dit, je reconnus aifément que j'étois à la Comédie.

C'eft un lieu où l'on retrace les mal-heurs & la fin funefte de quelques Hommes illuftres. Cela me rappella ce qui fe pratique en Turquie, aux fune-railles de nos proches, où nous payons des gens qui les pleurent pour nous. Les François en payent ici qui les faf-fent pleurer à la mort d'un Roi ou d'un Empereur, dont ils ne font certaine-ment point iffus, & qu'ils n'ont jamais ni vû, ni connu.

J'ai pitié, en verité, de ces malheu-reux Comédiens. La gloire, la vertu, l'honneur, les grands fentimens, la no-bleffe, & les actions généreufes qu'ils repréfentent tous les jours, doivent leur faire fentir encore plus vivement la baffeffe de leur condition, à laquelle on attache l'infamie : femblables aux Eunuques, à qui la garde des plus belles femmes retrace avec plus de furcur leur état de privation. On

On me surprit quand on m'assûra, que parmi les Comédiennes que j'avois vûës, quelques-unes faisoient ce métier depuis plus de quarante cinq ans, au moins. Elles ne paroissoient pas en avoir vingt. C'est le miracle des Houris du Paradis du Prophete, qui demeurent toûjours au même âge. Plus ces Comédiennes joüent, plus leur Art se perfectionne : l'Art devient plus fort que la Nature & les années, qu'il met, pour ainsi dire, en fuite. Mais elles se rallient enfin ; & rien n'est plus affreux, qu'une vieille Actrice.

Adieu, ma chere Fatime : aime toûjours Rosalide.

LETTRE III.

ROSALIDE à FATIME.

JE sors de l'Opera. C'est un Spectacle semblable à celui de la Comédie,
excepté que les Heros parlent du nez à
la Comédie ; au-lieu qu'à l'Opera, on
tâche que toutes les paroles resonnent
agréablement dans des gosiers flexi-
bles. J'ai trouvé d'abord ridicule,
(comme le trouvent la plûpart des
François) qu'un homme vienne dire
qu'il est accablé de malheurs, & qu'il
se tuë même en chantant. L'idée qu'on
se fait du Chant, & l'habitude où l'on
est, dès le bas âge, de le regarder comme un enfant du Plaisir & de la Joye,
cause cette prévention, qui se dissipe-
roit aisément, si l'on consideroit le
Chant dans son essence réelle ; c'est-à-
dire, si l'on refléchissoit, qu'il n'est précisément qu'un arrangement de tons
differens. Alors il ne paroîtroit pas plus
extraordinaire, que les tons d'un Heros fussent mesurés à l'Opera ; que d'entendre à la Comédie un Prince parler

en

en vers à fon Confeil, fur des matieres
importantes.

Suppofons que le Roi de France en-
voyât l'Opera peupler une Colonie dé-
ferte, & qu'il ordonnât à tous les hon-
nêtes-gens qui le compofent, de ne fe
demander les chofes les plus néceffai-
res & les plus fimples, & de ne fe parler jamais, enfin, que comme ils fe
parlent fur le Théâtre. Les enfans qui
naîtroient au bout de quelque tems
dans cette Ifle, beguayeroient des Airs;
& toutes les inflexions de leurs voix
feroient élancées & mefurées : les Fils
des Danfeurs marcheroient toûjours en
cadence, à quelque occafion & pour
fe rendre en quelque lieu que ce fût.
Et fi cette Pofterité chantante & dan-
fante venoit jamais dans la Patrie de fes
Peres, fes oreilles feroient choquées
de la diffonance qui regne dans les tons
de notre converfation, & fes yeux feroient bleffés de notre façon de mar-
cher.

L'Opera, ma chere Sœur, eft fi brillant par fa magnificence, & fi furpre-
nant par fes machines, qui font voler
un homme aux Cieux, ou le font def-
cendre aux Enfers, & qui, dans un inf-
tant

tant, placent un Palais superbe où
étoit un Désert affreux ; que si les Peuples voisins de l'Isle où, dans ma suppo-
sition, j'ai relégué l'Opera, se trouvoient à ce Spectacle, ils croiroient
voir veritablement toutes les Divinités
du Paganisme : l'Opera seroit des Pro-
selytes, en fait de Religion. Mahomet
en a établi une bien étenduë, dont les
machines sont plus grossieres. Il faut
être dégagée, comme moi, des préjugés de l'enfance, qui attachent à son
spectacle ; il faut en être dehors, pour
ainsi dire, afin d'en voir toute l'extra-
vagance. Je souhaite bien ardemment,
que le souvenir de notre Mere, qui étoit
Françoise, te désille enfin les yeux sur
l'erreur où tu es. C'est la plus grande satisfaction que puisse avoir une Sœur qui
t'aime bien tendrement. Ma chere Fatime, adieu.

LETTRE IV.

ROSALIDE à FATIME.

PLus je refléchis dans ce Païs, plus je me persuade qu'il en est des mœurs comme des visages. Elles sont differenciées ; mais elles se rapprochent toutes dans le fond, parmi toutes les Nations.

Les Turcs ont trois sortes de Femmes : les légitimes ; celles qu'ils vont chercher au Kebin ; & les esclaves.

Les gens de condition, en France, en ont aussi communément de trois sortes. Prémierement, celle avec qui ils sont veritablement mariés, & qui leur est véritablement la plus indifferente.

Ensuite, ils s'attachent à quelque Femme à la mode, c'est-à-dire, répanduë dans le grand monde, afin qu'on se persuade, s'ils s'en font aimer, qu'il faut bien qu'ils ayent du mérite, puisqu'ils plaisent à une personne qui passe pour s'y connoître, & qui n'a jamais eu que des avantures illustres.

Et

Et en troisiéme, ils ont quelque Actrice, dont ils ne font pas précisément
amoureux, mais bien de la vie qu'ils
menent chez elle. C'est-là où ils font
dans leur naturel, sans soins & sans façon. Ils y reçoivent leurs Amis, ils y
foupent, ils tiennent longue table;
le Maîtresse y est auffi stable qu'eux :
cela les enchante.

Ce que je dis, ma chere Fatime, de
la maniere d'aimer dans ce Païs-ci, n'est
pas cependant sans exception. Il y a
des Amans, mais ils font rares, dont le
cœur délicat s'est afforti par une reffem-
blance d'humeur, de vertus, de mérite
& de naiffance. Eloignés de tous airs
avantageux, ils reçoivent comme une
grace les faveurs qu'on leur accorde.
Leur fenfibilité aux diftinctions qu'on
leur marque s'augmente par l'eftime
qu'ils ont pour ce qu'ils aiment, & par
l'idée de foumiffion qu'ils fe font fait à
fes volontés.

Je t'envoye une Lettre d'un de ces
Amans, que j'ai trouvée par un hazard,
qu'il est inutile de te détailler.

BIL-

BILLET.

» Comme je connois votre caracte-
» re bienfaisant, je fis hier une faute,
» pour vous donner occasion de l'exer-
» cer en me pardonnant. Si mon ref-
» pect & mon amour ne vous engagent
» pas à entrer dans mon idée, soyez sû-
» re qu'à l'avenir je ne ménagerai plus
» de pareilles douceurs à la bonté de
» votre cœur : je serai si sage, si soumis,
» & si tendre, que si vous ne m'aimez
» point, vous serez obligée de vous re-
» procher une ingratitude horrible.
» C'est le moyen le plus sensible de pu-
» nir un cœur aussi bien fait que le vôtre.

Compare le stile de ce Billet, avec
le vol du mouchoir, dont les Turcs
annoncent leurs caresses. Adieu : Mazaro me presse pour sortir avec lui : il
t'aime sans t'avoir jamais vûë.

LETTRE V.

ROSALIDE à FATIME.

J'AI été indisposée quelques jours: mais j'ai toûjours eu si bonne compagnie dans mon appartement, que je n'en suis sortie qu'avec peine, pour aller chercher ailleurs ce que je trouvois si commodément chez moi. Il s'y est passé de ces scenes plaisantes, que le génie du François crée, pour ainsi-dire, de rien.

Les autres Peuples s'abandonnent à leurs panchans, & en avoüent de bonne foi la mauvaise habitude. Le François a trop d'amour propre pour convenir qu'il a tort : il donne un tour brillant à ses défauts, & charge de ridicule le vice qui leur est contraire. Viençà, que je t'embrasse, mon cher Chevalier, disoit avant-hier un jeune homme à un autre. J'ai appris avec une vraie joye, que tu as abandonné Madame N.... Ta perseverance pour elle commençoit à te donner un travers dans le monde. J'avois beau te défendre, & dire

dire que tes assiduités pour cette Femme n'étoient que l'effet de ton goût
général pour toutes, qui se réünissoit
pour un tems en faveur d'une seule : je
ne persuadois point ; on t'en croyoit
amoureux : il sembloit que tu fusses à
une Femme près. Et comme elle a de
la politesse, de l'esprit & de la beauté,
on poussoit même la médisance sur ta
façon de penser, jusqu'à dire qu'elle te
fixeroit.

Eh ! quel mal y auroit-il Monsieur,
interrompit une personne de la compagnie, qu'une Dame qui a autant de
mérite que celle que vous venez de
peindre vous-même, rendît le Chevalier constant ?

Eh! fi, Madame, constant ! répondit-
il, Sçavez-vous ce que c'est qu'un homme constant ? C'est une espece d'ani-
mal qui n'a qu'une allure ; qui devient
domestique, qui s'assujettit aux petites
manieres, qui se fait un génie de Femme, qui fuit ses Amis, qui ne goûte
plus le vin, & qui, par un grand hazard, s'ennivre au plus une fois par mois.
La constance marque un cœur étroit,
qu'une seule idée remplit ; un cœur qui
n'a pas la force de seconder la Nature,

qui

qui lui préfente fans cefle des objets
nouveaux, pour l'aider à fecoüer le
joug de celui dont il eft occupé. Un
homme conftant enfin eft, pour mieux
parler, un homme pareffeux, qui, fe
méfiant de fon mérite, s'affoûpit avec
une conquête faite, pour ne fe pas donner la peine d'en entreprendre une autre, qu'il manqueroit peut-être.

Mais je m'étonne, repliqua la perfonne qui avoit déja pris une fois la
parole, que vous attaquiez fi vivement
les Amans conftans, vous qui, depuis
trois ans, êtes attaché à . . . . . A une
Comedienne, n'eft-ce pas? s'écria en
fouriant, & fans rougir, ce Cenfeur
des belles paffions. Eh bien! fçachez
que c'eft l'inconftance même qui entretient le goût que j'ai pour cette Actrice. Je la vois fur le Théâtre. Tantôt,
c'eft une Amante en pleurs, qui regrette
un perfide. Un autre jour, Bergere in-
nocente, elle voudroit fe cacher à elle-
même le trouble d'un amour naiffant.
Quelquefois, c'eft une Coquette aimable, qui m'amufe par fon efprit.
Enfin, tous les jours elle change d'at-
titudes, de graces, de caracteres, d'habits & de vifage même, fi vous voulez.
Elle

Elle frappe mon imagination ; elle l'animе : l'imagination avertit le cœur de desirer, lui porte de l'amour, le séduit ; & dans un seul objet, je trouve Monime, Phedre, Célimene & Chloé.....
Mais cela me rappelle qu'elle joüe aujourd'hui dans une Piece nouvelle ; c'est un pucelage ; je vais la voir. En achevant ces mots, il sortit véritablement.

C'est souvent un malheur d'avoir de l'esprit. Il nous arrange une morale selon nos passions : il pare tout ce qui plaît au cœur. Rien n'est au-dessus de ce qui le touche : il le place toujours avantageusement. Cela me rappelle Mahomet, qui donne l'entrée du Paradis à son Chameau, en consideration des bons services qu'il lui avoit rendus.

Je voudrois bien que mes Lettres te fissent autant de plaisir, que j'en ai à t'écrire : il me semble que je m'entretiens avec toi ; & je trompe ainsi, pour quelques momens, le chagrin que j'ai d'en être séparée. Adieu, ma chere Fatime.

LETTRE VI.

ROSALIDE à FATIME.

ON ne peut rien voir de plus charmant, qu'une Femme qui entra hier dans une maison où j'étois. Sa démarche imprimoit. Elle prit sa place avec une politesse qui se répandit sur toute la compagnie. Son silence même étoit expressif. Ses yeux sembloient annoncer de la tendresse à ceux qui lui parloient, quoique son dessein ne fût que de leur marquer de l'attention. Elle répondoit à tout avec cet enjoüement qui met en œuvre les plus petites choses, qui les rend brillantes, & donne un air de nouveauté aux plus communes. Je sentois un secret plaisir à respirer l'air qu'elle souffloit.

Cette Dame, me dit un jeune homme en s'approchant de m. , orneroit, je crois, quelque Serrail que ce fût. Quelle taille! quels yeux! quelles couleurs vives & mêlées! que d'esprit! quelle vivacité! Et en finissant cet éloge, il baissa les yeux tristement.

aussi

Il me semble, lui répondis-je, qu'une aussi belle personne ne doit point vous faire réflechir de cet air là ; &, fait comme vous l'êtes, on peut toûjours esperer de plaire. Ah ! me repliqua-t-il, je suis aimé : je connois même tout le prix de cet amour, & tous les charmes de celle qui m'aime. Mais la justice que lui rend ma raison, ne pénetre point jusqu'à mon cœur : il ne s'anime plus ; je ne le sens plus touché. La liberté que j'ai d'être heureux, me rend paresseux dans mes désirs, & m'ôte, pour ainsi dire, le goût & l'agrément de l'être. Cette Dame, enfin, est ma Femme.

Tu vois, ma chere Sœur, que le mariage en France n'arrête pas plus qu'ailleurs, les retours du cœur, & qu'il semble même qu'il les précipite. Comment les arrêteroit-il dans un Serrail, où tout engage à l'inconstance ? L'Amour est un mouvement dans l'ame, qui s'éteint presque toûjours par l'assûrance trop certaine de la possession.

J'ai vû notre Pere en Turquie, éprouver cette sécheresse de cœur, qui s'augmentoit encore par les reproches qu'il s'en faisoit à l'aspect de vingt Femmes aimables, dont il étoit le Seigneur &

Maître,

Maître, & dont il ne pouvoit s'empê-
cher d'admirer la beauté. Quelles fommes confiderables n'a-t-il pas prodi-
guées, pour s'acquerir une Efclave
dont les charmes ne l'inquiétoient plus
dès qu'elle étoit dans fon Serrail ? Et
fouvent il la troquoit contre un dia-
mant qu'il renfermoit dès ce jour-là,
& qu'il ne regardoit plus dès qu'il étoit
à lui.

Confole-toi donc, ma chere Fatime.
Le pouvoir de ta beauté fera toûjours
le même. La curiofité feule de ton Mari
pour un objet nouveau, a, pour un
tems, interrompu l'intelligence de tes
charmes avec fon cœur. Ils ne font
point effacés : ils reprendront leur empire ; il eft trop naturel ! Ils te ramene-
ront bien-tôt ce revolté : j'appelle ainfi
tout ce qui peut vivre dans leur indé-
pendance, après t'avoir vûë.

Surtout, dévore ta douleur & tes
larmes, en préfence de l'ingrat. Af-
fecte même une gayeté, qui s'éteigne
cependant quelquefois dans la rêverie : il y fera attention. Parle-lui avec
indifférence, & fans reproches : cela le
piquera. Quand il paroîtra revenir, il
ne faut pas que la tendreffe de ton

cœur

cœur te trahisse. Dis-lui que son infidelité t'a rendu la liberté. Les refus l'animeront; il t'exprimera les sentimens les plus tendres. Commence à ceder peu à peu, (car il est le Maître, enfin :) mais qu'au milieu des plaisirs, il croye que son retour ranime une passion offensée & prête à s'éteindre. Oeconomise ensuite le fonds de tendresse que tu as pour lui; de façon qu'en te quittant, il entrevoye toûjours quelque chose de plus que ce qu'il n'a reçu encore. On peut, ma chere Sœur, employer au culte du véritable Amour, les ornemens de la Coquetterie.

J'éspere qu'avant de recevoir ma Lettre, ton cœur sera tranquille. Peut-être l'est-il déja ! Peut-être m'écris-tu dans ce moment, qu'enchaînée dans les bras de ton infidele, ton ressentiment a été moins vif dans sa douleur, que ta tendresse dans le plaisir de le raccommoder. Cette idée seule me comble de joye; & je t'aime tant, que je crois mon cœur d'accord avec ta situation. Adieu.

LETTRE VII.

ROSALIDE à FATIME.

J'Etois l'autre jour chez une Dame, dont j'ai reçu mille amitiés à mon arrivée dans cette Ville, & qui m'a toûjours prévenu depuis, sur tout ce qui peut intereffer une Etrangere, dans un Païs où elle ne connoît personne. Je la trouvai diftraite, rêveufe, inquiéte. La familiarité où nous vivons enfemble m'engagea à m'expliquer, & à lui demander fi je ne la contraignois point.

Au contraire, me dit-elle en foûpirant ; je fuis bien aife d'avoir une Amie avec qui me foulager un peu en lui confiant l'état où je fuis. J'aime, continua-t-elle, & j'aime un ingrat, qui ménage d'autant moins mon cœur, qu'il s'en croit plus le maître. Il y a quatre jours que je ne l'ai vû, quoique j'apprenne de tous ceux qui viennent ici, qu'il fe multiplie, pour ainfi-dire, & qu'on le trouve par tout.

Elle fut interrompuë dans ce moment ; &, à fon agitation, je reconnus

nus aisément pour l'ingrat dont elle parloit, un jeune homme qu'on annonça, & dont la figure, il est vrai, étoit brillante. Une démarche noble & aisée, une physionomie fine & ouverte, le port de tête d'un jeune Heros, le rendoient charmant à l'apparence. Mais, que ses manieres me firent juger autrement de son cœur!

Il y a long-tems qu'on ne vous a vû, Monsieur, lui dit mon Amie. Que voulez-vous, Madame ? répondit-il presque sans la regarder. On a des Amis : j'ai fait deux dîners-soupers, qui ont été poussés fort avant dans la nuit : j'ai dormi le jour : j'ai vû mes Chevaux, j'en ai vendu, j'en ai acheté : j'ai joüé, j'ai perdu ; & je suis en quête de quelque Juif qui me prête de l'argent.

En achevant ce beau détail, il appella un grand Chien qu'il avoit amené avec lui, le caressa, lui jetta son mouchoir, se le fit apporter : il lui parla long-tems, & ne nous adressa la parole à notre tour, que pour nous le vanter. Il se leve ensuite, se regarde au miroir, en prenant du tabac ; & , par une reverence subite, il annonce sa retraite.

B 4

Quoi!

Quoi ! vous sortez si vîte ? lui demanda ma trop foible Amie. Vous reverra-t-on ? Oüi, cela se pourra, répondit-il de la porte…. ce soir…. un de ces jours.

Voilà, ma chere Sœur, comme j'ai vû un François traiter une Femme dont il étoit aimé ; & ce François ressemble à bien d'autres. Plus ils se croyent aimables, & plus ils regardent précisément les Femmes par rapport à eux uniquement. Ne trouves-tu pas que leurs façons approchent beaucoup des mœurs dégagées & humiliantes des Turcs pour notre Sexe ! Ils sont mêmes plus barbares.

Un Turc achete une Femme. Elle n'est pas maîtresse de n'être pas à lui. Il ne lui a donc nulle obligation de sa possession. Il l'enferme dans un Serrail, où il est, en quelque façon, en droit de ne l'aller voir que quand son plaisir l'y engage. Mais en France, une Femme est libre : elle pouvoit se déterminer en faveur de tout autre que de l'Amant à qui elle donne son cœur. Il la séduit ; & dès qu'il se l'est acquise, dès qu'il l'a enfermée, pour ainsi-dire, dans l'idée séduisante d'être aimée de lui, il
ne

ne la voit plus qu'en paſſant. Voilà
l'ingratitude. Le Turc n'eſt qu'inconſ-
tant, dans ſes amours. Le François eſt
ingrat.

Tu me diras, qu'en France, une
Femme eſt libre de changer. Mais combien l'amour propre ne ſouffre - t - il
point? Le changement même dans notre Sexe a quelque choſe de honteux?
Le cœur n'obéit pas ſi-tôt : la vertu revient, & y ſoûtient un ingrat qui l'en
avoit écartée. L'infidelité eſt toûjours
bien ſenſible ; mais ſurtout à un cœur
qui a choiſi lui-même le traître qui l'outrage.

A mes réflexions, ne ſembleroit-il
pas que je ſerois dans le cas? Je n'y ſuis
point, en verité; & je te ſouhaite autant de ſatisfaction où tu es , que l'a-
mour de Mazaro m'en donne ici. Adieu,
ma chere ſœur.

LETTRE VIII.

ROSALIDE à FATIME.

UN jeune Officier fut préfenté l'autre jour, par un de fes Amis, chez
une Dame, où il joüa. Après le jeu, il
y foupa ; & après le fouper, il s'étendit
dans un Sopha, d'où, avec empreffe-
ment, & de l'air d'un homme qui n'eft
pas accoûtumé à être refufé, il offrit
à cette Dame tous les fervices d'un
tendre Cavalier. Jugeant l'affaire affez
entamée, il fe leve, il fe chauffe le
dos à une cheminée, & demande lé-
gerement à un gros homme vêtu de
noir, qui s'étoit écarté pour lui faire
place : » Monfieur, quoique je ne dé-
» plaife pas dans cette maifon, j'y fuis
» tout nouveau; j'y entre pour la pre-
» miere fois. La Maîtreffe eft jolie. Fai-
» tes-moi le plaifir de me parler A-
» t-elle quelqu'un fur fon compte? J'ai
» deffein de m'y mettre. Eft-elle Veuve? » Non, lui dit-on. Ah ! elle eft ma-
» riée, continua cet étourdi. Où eft
» donc fon benêt de mari ? Le voici,
lui

lui répondit le gros homme, en mar-
quant cette annonce d'une profonde
reverence.

Dans ce païs-ci, une Femme du
bel air annéantit, pour ainfi-dire, fon
Mari : il n'en eft point fait mention.
Rarement fréquente-t-il dans fon appartement ; & fi, par un grand hazard,
on l'en voyoit fortir, on le prendroit
le plus fouvent, plûtôt pour un Créan-
cier qui vient de faire arrêter fes comp-
tes, que pour le Maître du logis. Adieu,
ma Sœur : ainfi foit un jour où tu es !

LETTRE IX.

ROSALIDE à FATIME.

UN Prince respectable par sa naissance, & très estimable par son esprit, sa politesse, & mille autres belles qualités, est devenu amoureux d'une Actrice. Il le lui a fait déclarer, c'est-à-dire, qu'il lui a fait proposer mille Ecus par quartier. Cette Actrice a répondu généreusement, qu'elle aimoit, & qu'elle étoit aimée d'un jeune homme qu'elle ne voudroit pas, pour toutes choses au monde, desesperer en l'abandonnant la premiere : mais que si le Prince n'étoit pas bien pressé, elle s'arrangeroit de façon à pouvoir répondre à ses bonnes intentions, au plus tard dans quinze ou vingt jours.

Pour mettre la main à l'œuvre, elle a emmené dès le lendemain son Amant à une petite Maison de campagne, où ils sont seuls. Ils ne voyent qu'eux : ils ne sortent jamais : bec à bec l'un devant l'autre, tant que les jours durent,

ils

ils ne se parlent que de leur passion. Elle
espere qu'à force de se voir, ils s'en-
nuyeront, ils se lasseront, ils s'impor-
tuneront ; & se quitteront ainsi sans re-
gret, & s'en pouvoir se plaindre l'un de
l'autre.

Je ne sçai si le moyen qu'employe
cette pauvre Fille sera efficace : mais
enfin, elle s'y prend de son mieux ;
elle s'execute, pour tâcher de mériter
la Dot que le Prince lui promet : & elle
seroit bien malheureuse, si elle ne réus-
sissoit pas dans ses bonnes intentions.

Puisque je suis en-train de te conter
des Avantures, je vais t'en écrire une
autre plus relevée, mais dont la fin n'est
pas moins bizarre. On en raisonna beaucoup hier chez moi. Les uns disoient,
qu'un Homme ne pouvoit penser ainsi. Les autres trouvoient les sentimens
de la Femme encore plus particuliers.
Pour moi, je crois que les uns & les
autres sont dans la nature. Le cœur se
remuë de tant de façons differentes,
que rien de ce qui se fait ne me sur-
prend.

HISTOIRE

HISTOIRE
DU COMTE
D'AMILLE.

LE Comte *d'Amille*, iſſu d'une des plus grandes Maiſons du Royaume, étoit arrivé depuis quelque tems à Paris, pour y apprendre tous les Exercices convenables à un homme de ſa naiſſance. Paſſant un jour aſſez vîte aux Thuilleries dans une des Allées de traverſe, il fut frappé de l'air & des graces d'une jeune Demoiſelle, qui ſe promenoit ſeule avec ſa Mere. Il ſembloit que ces deux perſonnes timides n'oſaſſent point ſe mêler dans le brillant du monde, qu'elles regardoient cependant de loin avec curioſité.

Le Comte, pour ne rien affecter, acheva ſon tour ; & en repaſſant, fut véritablement touché de ce qu'il avoit admiré d'abord. Sans penſer à aller rejoindre ſa Compagnie dans la grande
Allée,

'Allée, il n'étoit occupé que du plaisir de bien posseder l'idée de tant de charmes.

A l'âge de seize ans, qu'il avoit alors, le cœur rempli de désirs, ne cherche qu'un objet qui les fixe; & presque tous les jeunes gens, entre les Beautés qu'ils voyent, en choisissent une qui devient plus chere à leur imagination, & à qui ils sacrifient, sans lui avoir peut-être jamais parlé.

Quand ces deux personnes sortirent, le Comte les suivit. Il sut où elles logeoient; & s'étant informé plus particulierement, on lui apprit qu'un Procès considerable les retenoit à Paris, où elles ne connoissoient pas grand monde. Il chercha aussi tôt les moyens de s'introduire chez elles, & le hazard le favorisa. Un Musicien logeoit dans la même maison. Il s'adresse à lui, sous prétexte d'apprendre la Musique. Mais comme son nom trop connu l'auroit rendu suspect, & même eût été un obstacle aux visites qu'il vouloit faire à des personnes, qui s'en seroient senti trop honorées pour en souffrir l'assiduité, il prit celui de *Vareil*. C'étoit un jeune homme d'une naissance ordinaire,

40 LETTRES

dinaire, qui montoit à la même Aca-
demie que lui, & qui lui ressembloit
assez.

Le Musicien assembloit un Concert,
deux fois la semaine. D'Amille ne fut
pas long-tems sans y voir Mademoiselle *d'Eran*, (c'étoit le nom de celle
qu'il aimoit) & sans avoir occasion de
lui parler. Il donna plusieurs fois la
main à sa mere, pour la remettre dans
son appartement ; & lui demanda enfin
la permission d'y venir faire sa partie
de jeu, quand elle le souhaiteroit.

On lui répondit gracieusement ; &
il eut ainsi la satisfaction d'être tous les
jours auprès d'une charmante personne, dont les manieres présageoient fa-
vorablement à son amour. Elle ne dé-
tournoit les yeux de dessus lui, que
quand elle croyoit qu'il s'appercevoit
de son attention, qu'elle promenoit
alors un moment avec indifference :
mais il en redevenoit bien-tôt l'objet
fixe.

Le Comte, quoique, pour ainsi-
dire, un Enfant encore, étoit né avec
un panchant si heureux pour les Femmes, qu'il s'étoit débarrassé de très-
bonne heure d'une certaine timidité
ordinaire

rdinaire à la grande jeuneſſe. Il étoit
if, entreprenant ; & dès qu'il trouva
occaſion de ſe déclarer à Mademoi-
lle d'Eran, il ne la laiſſa pas échapper.
Mademoiſelle, lui dit-il un jour qu'elle
toit ſeule , je puis donc ſuivre enfin
empreſſement que m'inſpire l'amour
plus tendre ! Je puis vous parler d'une
aſſion , dont mes yeux vous ont déja
révenuë dès qu'ils vous ont vûë ; s'ils
nt ſuivi les mouvemens de mon cœur,
Daignez me regarder ; daignez m'ap-
rendre ſi l'Amant le plus ſoûmis , le
lus paſſionné, peut eſperer jamais de
ous plaire.

En vérité, Monſieur, lui répondit-
lle, quand même je penſerois comme
ous le ſouhaitez , me croyez - vous
apable d'en faire l'aveu avec tant de
acilité ?... Eh ! pourquoi ne le feriez-
ous pas, Mademoiſelle ? interrômpit
l'Amille, en interprétant trop favorable
nent, peut-être, cette réponſe : pour-
uoi me faire attendre ? Mon amour
ſt à un point qu'il ne peut plus augmen-
er ; & mon cœur joindroit à l'obligation
'être reçu, celle de n'avoir point lan-
ui dans l'incertitude de ſon ſort. En
rononçant ces mots, il ſe jetta à ſes
genoux ,

génoux, avec un empreſſement qui allarme l'innocence d'une jeune per-ſonne, qui entend pour la premiere fois une déclaration d'amour, & qui ſe trouve ſeule avec un Amant qui lui plaît.

Monſieur, dit-elle tout émûë, & re-tirant avec fierté ſa main qu'il vouloit baiſer, relevez-vous, & ceſſez des fa-çons qui m'offenſent. Je n'en dois donc point douter ? reprit-il, vous me haïſ-ſez ? Je tâcherai de prendre ſur mon in-clination, pour vous épargner une vûë qui vous importune....

Madame d'Eran, qui entra dans le moment, ne s'apperçut point du trou-ble de ſa Fille. Le Comte reſta quelque tems encore, affeſtant d'être froid & rêveur ; & enfin il ſortit.

Il ne doutoit preſque point d'être aimé. Il crut qu'il devoit, par une ab-ſence de quelques jours, inquiéter ſa Maîtreſſe accoûtumée à le voir, & l'o-bliger, par les réflexions qu'elle feroit, à s'avoüer à elle-même les ſentimens qu'elle avoit pour lui.

Véritablement, le lendemain, l'heure où il ſe rendoit ordinairement étant déja paſſée, elle fut inquiete ; & le jour d'après,

D'après, ne le voyant point encore,
elle commença à se rappeller toute leur
conversation, à s'accuser d'un peu
trop de fierté, & à désirer enfin qu'il
revînt. Tel est le cœur d'une jeune personne qui aime : il n'est jamais tranquille : elle se reproche toûjours, soit
qu'elle ait accordé à l'Amour, soit
qu'elle ait accordé au devoir.

Elle étoit dans ces sentimens, lorsqu'elle trouva d'Amille chez le Musicien. D'un air distrait, il écoutoit le
Concert. Quand il fut fini, il s'appro-
cha d'elle, comme par hazard, & lui
présenta la main avec un respect où
l'on ne pouvoit démêler si c'étoit sim-
plement une extrême politesse, ou le
retour d'un Amant plus soûmis. Je n'o-
serois, dit-il, quand il l'eut ramenée
à la porte de son appartement, présen-
ter chez vous, Mademoiselle, un Amant
que vous haïssiez : je respecte trop tous
vos sentimens. Eh ! pourquoi vous haï-
rois-je, Monsieur ? répondit-elle. Ah !
si vous ne m'aviez pas haï, vous m'ai-
meriez, repliqua le Comte. Il a fallu
toute la force d'une antipathie natu-
relle, pour fermer votre cœur, & pour
le prévenir contre un amour aussi tendre

dre que le mien. Vous vous trompez,
dit Mademoiselle d'Eran, de ce ton
embarrassé que l'Amour rend encore
plus touchant dans une bouche timide;
je ne vous haïs point, je vous afsûre :
je vous le répete, & je vous le répete-
rai toute ma vie avec plaisir. Mais vous
désirez de moi un aveu.... ah ! si vous
me l'arrachiez, je serois désormais avec
vous, confuse, interdite, craintive ;
je n'aurois plus, je crois, d'agrément
à m'y trouver. Voudriez-vous que cela
fût ?

D'Amille étoit si enchanté de ce qu'il
entendoit, qu'il n'avoit pas la force de
parler. Ses regards en redoublant le
trouble de sa Maîtresse, en arrachoient
dans le silence même, un aveu plus expressif que toutes les paroles. L'Amour
ne perd jamais ses avantages, entre
des cœurs également épris : il a le sentiment trop fin, pour n'être pas prompt
à profiter de tout ; & la charmante d'E-
ran, qui n'avoit pas voulu parler pour
avoüer sa tendresse, parla pour faire res-
souvenir son Amant de tout ce qu'elle
faisoit pour lui, & de lui être fidele.

Ils étoient au comble de la joye. Ils
se voyoient, ils se parloient tous les
jours,

jours ils s'écrivoient dans les momens où ils ne pouvoient être ensemble : il sembloit que leurs cœurs fussent jaloux & rivaux : ils tâchoient à se surpasser toûjours l'un - l'autre, par leur tendresse, & par mille façon différentes de se la marquer.

Mais il n'est pas de bonheur durable. Le Comte, un matin à l'Académie, sur un rien, s'étoit emporté avec mépris contre Vareil, dont il prenoit toûjours le nom chez sa Maîtresse. Ce jeune homme sensible, voulut en avoir satisfaction ; & le rencontrant le soir dans une ruë peu éloignée de celle où logeoit Madame d'Éran, il lui fit mettre l'épée à la main. Le Comte fut d'abord legerement blessé : mais enfin, il eut l'avantage, & perça de deux coups son Ennemi, qui tomba en expirant. Il se refugia avec précipitation chez un de ses parens, qui l'envoya aussi-tôt dans sa Province, en attendant qu'on pût obtenir sa grace.

Quelle fut la douleur de la jeune d'Éran, lorsqu'on vint lui dire que deux jeunes gens s'étoient battus, & que l'un, nommé Vareil, avoit été tué ! Elle ne menagea plus rien. Elle ne

se

ſe ſoucia plus que ſa Mere connût juſqu'où étoit allé l'excès d'une paſſion,
qu'elle avoit toûjours pris tant de ſoin
de lui cacher. Elle s'abandonna à tout
ſon deſeſpoir. Son Amant lui revenoit
ſans ceſſe à l'eſprit, l'épée à la main,
tout ſanglant. Quel objet ! Quelle difference de ces momens, à ceux où elle
l'avoit vû tant de fois !

Je ſuis ſi laſſe d'écrire, que tu atten-
dras à une autre fois pour apprendre
le dénoüement. Adieu, ma chere Fatime.

LETTRE X.

FATIME à ROSALIDE.

JE suis encore dans une vraye colere. Un homme est venu voir mon Mari; &, d'une Jalousie couverte d'un voile épais, j'entendois toute leur conversation.

Ce scélerat, d'un ton froid & magistral, se moquoit non seulement de la Religion de Mahomet, mais de toutes en géneral. » L'orgueil, disoit-il, » d'être Chef de Secte, secondé de la » politique humaine, en a jetté les fon- » demens; & l'on a cru que des idées » de châtimens après la mort, seroient » une barriere contre les mauvais pan- » chans de la nature. L'homme qui ne » se sépare jamais de l'amour de son » être, s'est persuadé facilement qu'il » trouveroit des plaisirs, même après » le dérangement total de la machine. » Pour mes opinions, continuoit-il, » elles sont fixes, enfin : j'ai arrangé » mon systême en homme d'esprit, & je » m'y suis renfermé en homme sensé.

Quand

Quand cet impie est sorti, mon mari s'est rendu auprès de moi. Que répondriez-vous, lui ai-je demandé, à quelqu'un qui viendroit vous annoncer que vous prenez des peines inutiles, que vos enfans ne seront jamais heureux, quelque soin que vous donniez à leur éducation ; que vos honneurs seront détruits ; que vos biens seront confisquez : & qui ne fonderoit ces fâcheuses nouvelles que sur quelques réflexions vagues, qu'il auroit faites pendant la nuit ? Ne le regarderiez-vous pas comme un ennemi, qui, jaloux de votre bonheur, s'amuse de l'imagination, qu'il ne durera pas ?

Sans doute, a répondu *Saballibecz*. Eh bien, lui ai-je repliqué, pourquoi avez-vous donc écouté si patiemment, & avec une apparence d'attention, ce scélerat qui vient de sortir, & qui tâche de vous persuader qu'en trente ou quarante ans d'ici, tout sera anéanti à votre égard ; qui a voulu vous ôter la douceur de réfléchir qu'un Etre suprême s'interesse à vos actions, & que vous pouvez vous rendre digne de ses graces, & des plaisirs éternels qu'il vous prépare dans des lieux fortunés ?

Que

Que les hommes font étranges! ma Sœur; Ils haïssent non seulement celui qui s'oppose à leur fortune sur la terre, mais même celui qui ne paroît pas d'abord en accepter l'augure: dans le tems qu'ils demeurent tranquilles aux discours d'un scélerat, qui cherche à obscurcir leurs idées sur la bonté de Dieu!

Selon notre Religion, les Femmes n'entrent point en Paradis. Ce n'est donc pas d'un cœur interessé, que j'aime Dieu: Mais l'idée que je m'en fais, me ravit sans cesse. Sans espoir de récompense, je sens un plaisir secret à suivre les commandemens de celui qui peut tout. Je recherche en lui mon origine, avec une complaisance, pour ainsi dire, orgueilleuse. J'aurois honte de rien faire qui me dégradât d'un Ancêtre si noble, si grand, éternel, infini, tout-puissant; & j'entretiens avec délice, une pureté qui ne peut qu'être agréable à l'Estre qui en est la source infinie.

Tu m'écris, ma chere Rosalide, ce qui se passe au milieu d'un grand monde avec qui tu es en société. Tu tâches de m'amuser toûjours, par quelque avan-

C   ture

ture nouvelle. Je t'en suis obligée.
Pour moi, renfermée dans un Serrail
où je ne vois perſonne, je ne puis t'entretenir que des méditations que je fais
dans le ſilence & la retraite où m'attache mon Sexe. Le Serrail n'eſt point
un eſclavage, quand on en aime le
Maître, & qu'il nous chérit. Le déſir
de la liberté n'eſt qu'un libertinage de
l'imagination, qui punit le cœur, par
des ſouhaits violens qu'on ne peut ſatisfaire, du peu d'attachement qu'il a
pour ſes devoirs. Adieu, ma chere Ro-
ſalide.

LETTRE XI.

ROSALIDE à FATIME.

JE suis révoltée d'un vice, qui regne communément ici parmi les plus honnêtes gens. La médisance est l'ame de toutes les conversations. Hier, une femme me vint voir. Notre entretien roula sur une autre, avec qui je suis assez souvent. Elle est belle, me dit-elle ; mais il y a long-tems. On lui trouve de l'esprit ; mais au vrai, elle n'a que du jargon. Sa vie est retirée, continuat-elle : je ne sçaurois croire cependant comme le public, qui s'imagine qu'un Abbé qui demeure dans sa maison, la fait se retrouver toûjours avec plaisir dans son domestique.

Elle n'achevoit pas ces mots, que la personne qu'elle déchiroit si cruellement entra. Eh ! bon jour, ma bonne amie, lui dit cette perfide, en s'avançant à elle, & en l'embrassant : nous parlions de vous, Madame & moi.

Est-il possible, qu'une Nation qui pense aussi délicatement que la Nation

 Françoise,

Françoise, ne marque ordinairement
son esprit dans la Société, qu'aux dé-
pens de la réputation de ses compatrio-
tes ? & qu'on y appelle politesse, la lâ-
cheté d'accabler de caresses une personne dont on parle avec mépris en
son absence? Pour ne pas tomber dans
la morale, je ne te parlerai pas davantage d'un vice qu'on ne punit point,
parce que l'usage l'emporte sur la justice. Je vais t'écrire la fin de l'Histoire
du Comte d'Amille.

SUITE

DE L'HISTOIRE
DU COMTE
D'AMILLE.

SON Pere, ne le croyant pas en sûreté dans sa Province, l'envoïa voïager en Italie, où il menoit depuis près de neuf ans une vie errante; lorsqu'enfin son affaire s'accommoda en France. Il eut la permission d'y revenir, & la Cour lui accorda l'agrément pour un Regiment.

Le mois d'Avril étant arrivé, il le joignit. On le mena chez les premieres Dames de la Ville, où il étoit en Quartier. Quelle fut sa surprise en entrant dans une maison, d'y trouver Mademoiselle d'Eran! Et quelle fut celle de cette personne, à la vûë d'une ressemblance si parfaite avec ce qu'elle avoit aimé! (car cette avanture ne pouvoit passer que pour une ressemblance

 dans

dans son esprit.) Elle consideroit le Comte avec un saisissement dont il sçavoit seul la cause, & dont il eut la dureté de vouloir se divertir encore quatre ou cinq jours, avant de se découvrir. Il affecta donc toute l'indifference d'un homme qui voit les personnes pour la premiere fois ; & après quelques discours que la politesse exige, il sortit avec les Officiers qui l'avoient accompagné.

Il y retourna le lendemain, de meilleure heure : il trouva sa premiere Maîtresse seule. Elle trembla d'abord, à sa vûë. Après quelques propos indifferens : Madame, lui dit-il, vous me regardâtes hier avec une attention, qui me feroit presque me flatter de ressembler à quelqu'un qui vous touche. Je ne vous le cacherai point, répondit Madame *d'Accis*, (c'étoit le nom qu'avoit pris Mademoiselle d'Eran, en se mariant :) vous ressemblez si parfaitement à un jeune homme que j'ai connu à Paris..... Et que vous ne haïssiez pas, sans doute, interrompit d'Amille, en soûriant malignement. Et qu'est-il devenu, continua-t-il ? Il fut tué, Monsieur, par un barbare dont je n'ai jamais
sçu

sçû le nom. J'étois inconsolable. Ma
Mere finit ses affaires à Paris : je fus
charmée de quitter un lieu qui me rap-
pelloit sans cesse des idées cruelles. Elle me ramena en Province, où je suis
mariée depuis un an. En achevant ces
mots, ses yeux se moüillerent de larmes ; & pour cacher l'état où elle étoit,
à des Dames qu'on annonça dans le
moment, elle passa dans une autre
chambre, sous prétexte de donner
quelque ordre.

D'Amille étoit attendri. Mais la bi-
zarrerie de son imagination lui fit bien-
tôt trouver fort plaisant, de travailler
à se détruire lui-même dans un cœur
qu'il possedoit encore. L'idée d'être son
propre Rival, & de se multiplier pour
triompher deux fois de la même personne, lui parût trop amusante pour l'a-
bandonner.

Il commença dès le lendemain à éta-
ler tout le brillant de la situation d'un
jeune Colonel magnifique, dans une
Ville de Province où est son Regiment.
Il anima les plaisirs ; il donna des Bals,
dont Madame d'Accis étoit toûjours
la Reine. Mais ses soins, ses assiduitez,
sa magnificence, son esprit, sa figure

& ſes graces, ne ſervoient qu'à rani-
mer dans le cœur de cette femme conſ-
tante tout ce qui lui avoit plû dans Vareil, ſans l'intereſſer pour le Comte.
Un jour qu'il avoit danſé avec l'applau-
diſſement de tout le monde, il s'apperçut qu'elle ſe couvroit le viſage de ſon
éventail, pour dérober des pleurs qui
lui échapoient ; & il ſe rappella qu'il
avoit autrefois exécuté cette même
danſe avec elle à Paris. Il étoit preſque
auſſi piqué, que ſi elle lui avoit donné
un véritable Rival à combattre. Le
cœur, apparemment, uſé ſur la tendreſſe qu'il avoit euë pour Mademoiſelle d'Eran, il ne ſe ſoucioit plus d'en
être aimé : mais, pour ſatisfaire au jeu
de ſon imagination, il vouloit s'en faire aimer. Il ne ſe ſoucioit point d'être
l'objet de ſa conſtance : il vouloit l'être
d'une infidelité.

Au lieu de vous entrerenir, lui répe-
toit-il ſouvent, dans la douleur que
vous cauſe un homme qui n'eſt plus,
ne feriez-vous pas mieux de vous attacher à moi, qui ſuis très-vivant ; puiſ-
que vous y trouvez une reſſemblance
ſi parfaite avec votre Amant ?

Oüi, Monſieur, lui répondit-elle en
ſo a-

foupirant, ce font les mêmes traits dans la figure, le même port de tête, les mêmes geftes, les mêmes manieres, le même ton de voix ; c'eft le même enjouëment, & la même politeffe dans l'efprit : je trouve en vous, tout ce qui étoit en lui. Mais, vous n'êtes pas lui ; & c'étoit à lui que j'étois attachée. Mon cœur fait entre vous deux une difference, que mes yeux ne peuvent appercevoir. Je reçois toutes les attentions que vous avez pour moi, avec reconnoiffance : mais je penfe toûjours avec tendreffe à Vareil. Quand même je flaterois votre paffion, quand même je vous comblerois de faveurs, vous ne feriez jamais content : vous croiriez toûjours que je facrifierois aux traits que vous portez, & que ce n'eft point votre feule perfonne que j'aime. Croyezmoi, Monfieur ; c'eft dommage qu'un Cavalier auffi bien fait, perde fon tems: attachez-vous à une autre, qui fe trouvera heureufe de vous occuper.

Quoi ! interrompit le Comte, vous voudriez que je m'attachaffe à une autre ? Vous verriez fans chagrin mon Amour pour elle ? Ah ! c'en eft trop ; il faut ceffer la feinte.

C 5

Alors

Alors il lui développa tout le mystere. Il lui fit connoître que Vareil, & le Comte d'Amille, n'étoient que le même; & par toutes les circonstances qu'il lui rappella, elle ne put en douter.

Elle étoit dans une surprise, & dans un silence, dont il étoit impossible de démêler les sentimens. Enfin, elle embrassa le Comte, avec cette sorte de joïe que ressent une Mere qui revoit un fils qu'elle a crû perdu, & dont la conduite mériteroit des reproches, qu'étouffe le plaisir de le retrouver. Il étoit très-tard : elle le pria de se retirer; & le lendemain, à son réveil, il reçut cette Lettre.

AU COMTE D'AMILLE.

Depuis la mort de Vareil, Monsieur, je n'avois jamais passé deux heures dans le jour sans penser à lui. Je me rappellois sans cesse l'Histoire de nos Amours. L'idée que, s'il n'avoit pas été tué, il m'aimeroit encore, me touchoit sensiblement sur sa perte. J'avois du plaisir à connoître la bonté de mon cœur, qui ne l'oublioit point, & qui me faisoit toûjours verser des larmes. Je m'entretenois avec complaisance dans ma
dou.-

douleur : mon esprit trouvoit avec elle une compagnie dont il ne s'ennuyoit point , parce qu'il en avoit pris le caractere mélancolique. Pareil n'auroit jamais eu de Rival, après sa mort. J'ai vû avec une joïe entiere, qu'il étoit vivant. Mais, après avoir bien consulté mes sentimens toute la nuit, j'ai connu que je ne m'interessois plus à lui , depuis que je le sçavois heureux ; & que je ne le regardois , enfin, que comme un aimable Cavalier , qui mérite l'estime de tout le monde. Je vais à la campagne trouver mon Mari, à qui je porte un cœur que la douleur lui enlevoit. Je serai charmée toute ma vie , d'avoir quelque occasion de vous obliger ; mais l'Amour est entierement éteint. Je n'en puis douter , à l'indifference avec laquelle je reflechis à la dureté que vous avez euë de me laisser pleurer, (sans en être attendri) un homme qui me parloit tous les jours , & qui auroit dû me tirer d'inquiétude dès que son affaire lui arriva. Je suis , Monsieur, votre très-humble & très-obéissante servante,

D'ERAN D'ACCIS.

Cette femme étoit attachée à une passion chimérique ; elle n'aimoit véri-

C 6

rable-

tablement, ni moi, ni ma personne,
dit le Comte en lisant cette Lettre; puisqu'elle n'a pas été touchée des soins
que je lui ai rendus dans un tems où je
suis, sans contredit, plus aimable que
je n'étois lorsqu'elle m'a vû pour la
premiere fois.

Il se leva ensuite, s'habilla, badina
de cette avanture avec les Officiers de
son Regiment; & partit, quelques jours
après, pour Paris.

Fin de l'Histoire du Comte d'Amille.

LETTRE XII.

ROSALIDE à FATIME.

QUELLE est l'idée de Mahomet, de nous exclure de son Paradis? Est-ce par mépris de notre Sexe? Non, disoit l'autre jour un François. Mais comme il vouloit faire esperer à ceux qui le suivoient, un Paradis absolument sensuel après la mort, il s'est bien donné de garde de leur laisser soupçonner qu'ils y pourroient retrouver leurs femmes. Vous êtes encore heureuses, ajoûta-t-il, que les principes de la nouvelle Philosophie ne lui aïent point été connus : car il n'auroit pas manqué de dire, que les Femmes ne sont que de simples Machines; & tous les Turcs, sur la soi de cet Oracle, vous auroient regardées comme des Montres, plus ou moins bien travaillées, selon que vos mouvemens se seroient accordés avec leurs caprices.

Pour entendre ceci, ma Sœur, il faut que tu sçaches qu'il s'est élevé depuis cent & quelques années une Secte de Philosophes, qui soûtiennent que les Bêtes n'ont point d'Ame ; qu'elles

n'ont

n'ont point de sentiment du tout ; qu'elles ne reçoivent ni plaisirs, ni peines ; & qu'elles ne sont, enfin, que des Ouvrages d'une Méchanique industrieuse.

Les autres principes de cette Philosophie ne sont pas moins nouveaux à l'esprit. Je te dirai même, qu'ils doivent paroître très-ridicules à une jolie Femme, qui ne veut point se détacher des charmes qu'elle croit posseder. Si l'un de ces Philosophes étoit amoureux de toi, & qu'il continuât cependant de raisonner toûjours conséquemment aux opinions de sa Secte, il te soûtiendroit éffrontément, que tes yeux ne sont point brillans ; que ton nez n'est pas fait au tour ; que ta bouche n'est point petite ; & que cette blancheur & ce rouge, qui se mêlent si agréablement sur ton visage, n'existent point. Tout ces charmes, diroit-il, sont des pensées de mon Ame, qui les répand sur votre personne ; à peu près comme des couleurs que vous diversifiez sur un canevas quand vous travaillez à la Tapisserie.

Tu envoïerois promener cet Amant avec ses visions ; & tu ferois bien : il n'est pas agréable, d'avoir tant d'obligation aux gens.

LET-

LETTRE XIII.

FATIME à ROSALIDE.

J'AI un meilleur cœur que le tien, ma Sœur. Quelques raisons que l'on m'apportât, on ne pourroit jamais me déterminer à penser que mon Pere, mes Freres, mes Amies & mes Parens, sont malheureux pour toûjours. Je les ai vûs mourir bons Musulmans. Il faudroit, si j'entrois dans la Religion que tu as embrassée, que mon esprit se prêtât à l'idée horrible d'un tourment éternel, où ils sont condamnés. Ah! je n'aurois jamais cette dureté là. Je frémis même d'y penser! Comment peux-tu l'avoir eûë? Leur mémoire m'est si chere, que pour m'opposer au moindre outrage qu'on y voudroit faire, j'exposerois mille fois ma vie avec plaisir. Je lis avec attachement les passages de l'Alcoran où la félicité des Fideles est écrite, par la part que je crois qu'ils y ont. J'étois, ce matin, au Chapitre sur le Jugement.

» Il n'y a qu'un Dieu, éternel, infini,
« tout-

« tout-puissant & tout miséricordieux,
» qui a envoïé son Prophete pour vous
» instruire. Il n'est point Prophete, di-
» sent les Impies ; il boit, il mange, &
» marche comme nous dans les ruës.
» Mais quand le jour épouvantable
» pour eux viendra, ils voudroient être
» le plus petit atôme. Au son de la trom-
» pette, les Cieux s'ouvriront de foi-
» blesse : ils seront emportés, comme
» un voile que les vents furieux agitent
» dans les airs : le Firmament ressemble-
» ra à de l'or fondu, qui bouillonne :
» les Montagnes seront semblables à de
» la laine cardée, qui s'abbaisse : le So-
» leil, la Lune & les Etoiles tomberont
» dans la flamme dévorante, qui s'é-
» lancera comme une Mer agitée : la
» Terre sera blanche ; & les Corps, qui
» sortiront de toutes parts de son sein,
» couvriront sa surface. Les Fideles qui
» sont fermes dans leur Foi ; qui font
» des aumônes à la veuve, à l'orphe-
» lin & aux prisonniers ; qui croïent au
» jour du Jugement ; qui craignent un
» Dieu ; qui ne connoissent point d'au-
» tres Femmes que les leurs & leurs Es-
» claves ; qui ne font point mal aux Fi-
» deles,

» deles, ni par leurs discours, ni par
» leurs actions ; qui disent la verité en
» témoignage ; qui effectuent ce qu'ils
» ont promis ; qui conservent avec é-
» quité & fidellement ce qui leur a été
» confié, auront dans leur main droite
» le Livre où sont écrites leurs actions :
» ils seront appuïés sur des lits ornés
» d'or & de pierreries ; ils se regarderont
» tous en face & avec plaisir : de jeunes
» enfans iront autour d'eux avec des
» vases remplis d'un breuvage déli-
» cieux, qui ne leur sera point de mal à
» la tête, & qui ne les enyvrera point :
» ils auront tous les fruits qu'ils pour-
» ront souhaiter, & telles viandes qu'ils
» desireront : ils possederont des Fem-
» mes qui auront les yeux noirs, & qui
» seront blanches comme des perles en-
» filées, & que personne ne touchera,
» ni Homme ni Ange, auparavant eux.

Voilà la félicité dont j'espere que
mes Freres joüiront. Ils ont été tués en
défendant leur Patrie & leur Religion :
ils n'ont jamais fait tort à personne : ils
n'ont adoré qu'un seul Dieu, qui punit
les méchans, & qui récompense les
bons : élevés dès l'enfance par des Femmes

mes dévôtes, ils ont appris l'Alcoran : ils ont été accoûtumés, dès leur bas âge, à être frappés d'un respect profond au seul nom de Mahomet : ils ont crû dans ce Prophete, parce que ce Prophete scêlle tout ce qu'il dit du nom du Tout-puissant. Comment auroient-ils crû Mahomet assez méchant pour les tromper, dans le tems qu'il leur dit partout, que Dieu punit sevérement ceux qui trompent ?

Mais ils n'ont pas vêcu dans la Religion, que j'ai embrassée, me diras-tu ; c'est la vraïe..... Ils ne le croïoient pas ; jamais les principes de cette Religion ne leur ont été révelés : comment seroient-ils coupables ? Des Musulmans se sont laissés martyriser, plûtôt que d'offenser Dieu en abandonnant son vrai culte, qu'ils croïoient être contenu dans l'Alcoran : ils ne cherchoient pas à s'aveugler, puisqu'ils avoient Dieu & sa gloire pour objet.

Les préjugés de l'enfance, & l'autorité de nos Parens qui y sont morts, nous attachent à une Religion dont les idées se sont accrûës avec les fibres de notre cerveau, & qu'on nous a persuadés avoir été confirmée par des Miracles

eles : car chaque Religion, jufqu'à l'im-
pertinente Religion même des Païens,
a ſes Miracles.

Je liſois hier dans l'Hiſtoire de la Ré-
publique Romaine , qu'on conſulta
l'Oracle ſur les moïens d'appaiſer le
courroux des Dieux , & d'arrêter une
Maladie contagieuſe qui dépeuploit
Rome & l'Italie. Sur ſa réponſe on alla
chercher à Epidaure la Statuë d'Eſcu-
lape. Mais le Vaiſſeau qui l'apportoit
s'arrêta tout à coup au milieu de la Mer,
& tout l'effort des Matelots ne pouvoit
le mettre en mouvement ; lorſqu'une
Veſtale, qu'on accuſoit d'avoir violé
ſon vœu, pria le Dieu de faire connoître ſon innocence. Elle attacha ſa cein-
ture au Vaiſſeau, qu'elle entraîna ſans
peine dans le Port. Ce Fait eſt rappor-
té par des Hiſtoriens contemporains ;
& en mémoire de cet évenement, on
bâtit un Temple orné de peintures, où
cette Hiſtoire étoit tracée dans toutes
ſes circonſtances.

La Tradition a fait couler de pere en
fils, juſqu'à nous, les grandes actions
de Mahomet, qui ſont atteſtées d'ailleurs par des Hiſtoriens qui vivoient
avec lui; & le Tombeau du Prophete
eſt

est entouré, à la Mecque, de vœux & de marques de reconnoissance, que les Fideles, qui ont reçu miraculeusement leur guérison, y attachent tous les jours.

L'attestation des Contemporains ; la Tradition directe ; & dans le tems même qu'un fait est arrivé, des Monumens établis pour le conserver à la Posterité, sont, je croi, les seules preuves convaincantes qu'on puisse apporter de la vérité d'un Miracle.

Pourquoi veux-tu que je rejette comme fausse, l'Histoire de cette Vestale, & celle de Mahomet ; & que j'adopte pour vraies celles de ta Religion, lorfqu'elles ne font pas appuïées d'autres autorités ?

Tu me répondras, peut-être, que Dieu a permis des Miracles dans toutes les Religions. Quoi ! Dieu, ma Sœur, m'induiroit dans l'erreur ? Il auroit permis qu'Esculape fît un Miracle, pour que la dévotion impie à sa Statuë augmentât ? Il auroit permis que, par mille traits miraculeux, Mahomet scellât une Religion qu'il desaprouve ? Dieu, enfin, me donneroit des preuves pour me confirmer dans une croyance qu'il condamne ? Je ne le croirai jamais, ma Sœur.

Peut-

Peut-être, me diras-tu, que si mon raisonnement est juste, il n'y a donc que la vraïe Religion qui puisse être confirmée par de vrais Miracles ; & qu'ainsi il n'est pas vrai que les Témoignages, les Monumens & la Tradition, suffisent pour en établir la réalité, puisque ces mêmes sortes de preuves concourent à établir la verité des Miracles faits pour confirmer des Religions toutes opposées entr'elles. Mais cela ne va-t-il pas à rejetter toute sorte de témoignage ? Non, me diras-tu : c'est à nous, à examiner la nature & les circonstances du Fait, la qualité & le caractere des Témoins ; & sur-tout à voir si la Religion, en faveur de laquelle ces Miracles ont été faits, est, de toutes celles que nous connoissons, la plus conforme à la raison, & aux perfections de l'Estre Suprême. Je sens tout cela, ma chére Sœur, & c'est ce qui m'embarasse. Car enfin, comment veux-tu que je fasse cet examen ?

Me répondras-tu, que mon embarras ne vient que de ce que je n'ai pas les secours nécessaires ; & que si j'avois les yeux éclairez par ta Religion, toutes ces difficultez disparoîtroient ? Mais enfin,

enfin , je n'ai point ces secours ; mes yeux ne font pas éclairés ; je fuis dans un Païs, où tout ce qui refpire , tout ce qu'il y a de grand, tout ce qui m'approche & me touche de plus près , vit dans les principes fur lefquels on a formé mes mœurs & mon éducation. Abandonne-t-on aifément des idées auffi anciennes que nous , pour en prendre de nouvelles à l'efprit , & fans avoir des marques infaillibles qu'on eft dans l'erreur ? Combien meurt-il de gens ici tous les jours, qui n'ont jamais commercé avec les Chrétiens , & qui n'en ont jamais entendu parler qu'avec mépris ? Comment voudrois-tu que ces perfonnes-là euffent rejetté les Dogmes de Mahomet , pour embraffer une Religion qui ne leur a point été connuë ?

Dieu a créé tous les hommes ; il eft jufte, bon & miféricordieux : fuivons les Loix de cette raifon commune à toutes les Nations , & qu'il leur a donnée comme un flambeau pour les guider & les éclairer dans les voïes de l'équité & de la juftice ; fervons-nous-en dans la recherche du Culte le plus conforme à fa Grandeur & à fa Sainteté ; & efperons tout de fa Providence.

Je

Je t'envoïe à ce sujet une petite Histoire, que j'ai trouvée traduite du Per-
san en Turc. Je souhaite qu'elle t'a-
muse.   Celui qui l'a écrite me paroît
une espece de Philosophie, qui ne donne qu'un demi jour à ses pensées, pour
que le Lecteur ait le plaisir d'y suppléer
par ses réflexions.

HISTOIRE

DE FELIME

ET D'ABDERAMEN.

IL y avoit plus de dix ans que le sage Kaillaz habitoit l'Isle d'Evan. Dans ce lieu désert, où jamais aucun homme ne s'étoit offert à sa vûë, il passoit les jours entiers à contempler la Nature, sous les formes diverses & infinies qu'elle prend sans cesse. La plus petite partie occupoit aisément un esprit affranchi des passions tumultueuses ; & l'étude des Mathématiques, inépuisables en démonstrations, lui donnoit à chaque instant, le plaisir de la découverte de quelque verité. Il y vivoit de racines excellentes & de fruits agréables, que la Terre y produisoit sans culture.

La pluïe, les éclairs & la foudre l'avoient un jour empêché de sortir de la Cabane qu'il s'étoit bâtie; lorsque deux
heu

heures avant le coucher du Soleil, le tems s'étant éclairci, il monta sur un rocher, pour en détacher quelques coquillages. Il apperçut au dessous de lui une espece de Berceau, que les vagues de la mer avoient laissé à sec. Il y courut avec cet empressement qu'inspire l'humanité. Quelle surprise d'y trouver deux Enfans de deux à trois ans, dont les petits habillemens distinguoient le sexe ! Leur physionomie, sous des traits si tendres encore, présageoit cependant un sort bien different de l'abandon où ils étoient.

Depuis ce jour, Kaillaz ne sentit plus au fond de son cœur cette sécheresse & cet ennui, qu'inspire de tems en tems une entiere solitude, quelques soins qu'on prenne pour la tromper. La nuit venoit toûjours trop tôt : il lui sembloit qu'il n'avoit pas encore assez vû ces Enfans, quoiqu'il les eût eus tout le jour auprès de lui. C'étoit pour eux qu'il tâchoit d'embellir son habitation : il plantoit des arbres, pour croître avec eux ; il ornoit sa Cabane de coquillages, qui pouvoient les amuser.

Si un Pere, au milieu du tumulte du monde, environné de parens & d'amis,

 tiran-

tirannifé par des interêts d'ambition & de plaifir, fe retrouve cependant toûjours avec joïe parmi fes enfans; quels fentimens encore plus tendres devoit avoir Kaïllaz pour ceux dont la fortune l'avoit rendu le Pere, dans une Terre inhabitée, féparé depuis long-tems du commerce des hommes, fans efpoir d'autres entretiens, d'autres fecours, & d'autres plaifirs, que ceux qu'il pouvoit attendre de ces deux jeunes plantes, qu'il alloit cultiver & dreffer à la Vertu, dans un lieu où l'exemple du Vice ne détruiroit point fes leçons.

Dès qu'ils eurent la force de fe fervir de leurs mains, il leur apprit à faire, de plufieurs plumes d'Oifeaux, un tiffu dont ils fe couvroient. Dans leurs moindres actions & dans leurs difcours, dès qu'ils fçurent s'énoncer, il s'appliqua à démêler leur tempérament, pour le fortifier, où le rompre. *Abderamen*, c'étoit le nom qu'il avoit donné au Garçon, étoit férieux, tendre & compatiffant. *Feliine* au contraire, c'étoit la Fille, avoit l'humeur enjoüée, vive, & ne regardoit tout ce qui l'environnoit qu'avec une complaifance intereffée pour elle-même. Une avanture affez

fimple

simple fit connoître à Kaïllaz cette difference de caracteres.

[Felime avoit trouvé un nid d'Oifeaux,
trop foibles encore pour prendre leur
vol; elle l'emportoit dans la Cabane,
& la mere fuivoit fes petits avec des
cris, dont la bonté du cœur d'Abderamen interprétoit fidelement la douleur.
Il pria fa Sœur, c'eft ainfi qu'il appel-
loit Felime, de remettre ce nid où elle
l'avoit pris. Elle ne le voulut point.
Cela caufoit une petite difpute entre
eux, lorfque Kaïllaz les joignit. Informé du fujet, il prit cette occafion pour
leur donner la premiere inftruction de
Morale.

» En gardant ces Oifeaux pour les éle-
» ver & vous en amufer, vous fuivez,
» dit-il, en s'adreffant à Felime, ce qui
» vous fait plaifir: mais vous êtes cruel-
» le envers cette mere, à qui vous ôtez
» ce qui lui appartient, & dont vous
» allarmez la tendreffe. Si un homme
» venoit dans cette Ifle vous arracher
» d'auprès d'Abderamen que vous ai-
» mez; fi, n'étant point attendri par
» votre douleur, & par les larmes que
» vous feroit répandre à l'un & à l'autre
» cette féparation, cet homme violent

» ne se laissoit conduire qu'à la douceur
» de vous posseder, Feline, ne le trai-
» teriez-vous pas d'injuste, de cruel &
» d'inhumain ? Ma Fille, il ne faut pas
» nous considerer seuls, en cherchant
» ce qui nous peut plaire : nous devons
» examiner si notre satisfaction n'est
» point contraire à celle d'un autre.
» N'en usez avec autrui, que comme
» vous voudriez qu'on en usât avec
» vous-même. Je ne fais que réveiller
» ce principe de Justice, que Dieu a
» gravé dans notre cœur en le formant :
» ce Dieu, mes enfans, qui est par-tout,
» qui est en tout, qui anime tout, qui
» circule & se diversifie sans cesse dans
» son immensité, sous des formes infi-
» nies : ce Dieu, en qui vous existez
» sous une façon d'Etre particuliere,
» qui seule vous distingue des autres
» productions, dont le fonds est com-
» mun, & dont la nature est la même
» avec la vôtre. Vous voyez dans les
» nuages mille figures diverses, d'hom-
» mes, d'animaux, d'arbres, de mon-
» tagnes : le vent souffle, le spectacle
» change en un instant, & la même ma-
» tiere se reproduit sous des images dif-
» ferentes. Rien ne s'anéantit jamais,
« que

» que la figure : ce qui semble disparoî-
» tre à vos yeux, ne fait que changer de
» forme : ces fruits que vous mangez,
» par le seul arrangement different des
» parties, deviendront le sang qui cou-
» lera dans vos veines. Mais l'Homme
» n'est que pour un tems. Les mêmes
» parties qui le composent, ne peuvent
» pas toûjours subsister : réünies sous le
» même arrangement, elles se détachent;
» l'harmonie se détruit, & ce qu'il y a
» de plus subtil en lui, se rejoint à l'In-
» fini : semblable à ces coquillages que
» la Mer brise sur un rocher ; l'eau, qui
» y étoit renfermée, s'écoule, & se
» perd dans l'immensité.

C'étoit par de pareilles instructions
que Kaillaz tâchoit d'élever l'esprit de
ces Enfans, à mesure qu'ils croissoient
en âge. Il y avoit déja plus de dix ans
qu'il les avoit sauvés, quand un malheur imprévu pensa lui enlever Felime.
Un soir qu'elle se promenoit sur le haut
du rocher, un vent furieux l'envelop-
pa, & la jetta à la Mer. L'onde l'avoit
engloutie deux fois ; sa perte paroiss-
soit inévitable ; lorsqu'une vague la
porta sur le rivage, en se retirant avec
la même impetuosité.

D 3

Abde-

Abderamen, qui la cherchoit toûjours, arriva dans ce moment. Quel spectacle pour un jeune Amant ! Il voit ce qu'il adore, sans mouvement, les regards éteints, & la pâleur de la mort peinte sur le visage.... Felime.... ma chere Felime.... Il l'appelle ; il l'embrasse. Le son d'une voix si chérie ranime un moment cette Amante : elle ouvre les yeux, qu'elle referme aussi-tôt. Il tâche de l'échauffer dans ses bras : il colle sa bouche sur la sienne ; il voudroit lui souffler sa propre vie, & mourir, pourvû qu'elle revînt. Ses transports réüssirent enfin : Felime, en respirant, embrasse Abderamen ; & le premier sentiment qu'il connut dans sa Maîtresse, fut un sentiment de tendresse pour lui.

Il la porta à la Cabane, où, par les soins de Kaillaz, cet accident n'eut point de suites. Mais les caresses de son Amant, & la situation où elle s'étoit trouvé couchée entre ses bras, revenoient sans cesse à son esprit. La nuit, des songes séduisans la ravissoient : il sembloit qu'un autre sang entroit dans ses veines, & y couloit délicieusement. Elle s'éveilloit toute émûë, elle tâchoit de de se replonger dans les erreurs d'un sommeil, que l'agitation même où il l'avoit mise éloignoit de ses yeux : elle brûloit ; & dans son inquiétude, elle se levoit plus matin qu'à l'ordinaire.

Sa rêverie la conduisit un jour vers une Grotte, d'où couloit un Ruisseau dont les flots argentés, après avoir quelque tems serpenté dans un petit Bois, y formoient un Bassin sous un ombrage charmant. Dans la fraîcheur de ces eaux, elle crut trouver un remede au feu qui la dévoroit. Elle se deshabille, elle s'y plonge, elle s'y joué innocemment : il lui semble qu'elle est plus tranquille. Elle se regarde avec complaisance dans cette onde pure : elle cüeille quelques fleurs, qui venoient d'éclorre sur les bords ; elle les place dans ses cheveux, qui sont relevés avec art sur sa tête. Avec une attention curieuse, elle consulte encore ce Ruisseau sur sa nouvelle parure : elle est si contente de se voir, qu'elle souhaiteroit qu'Abderamen pût en partager le plaisir.

Il l'aimoit trop, pour être éloigné. Il l'avoit suivie : il s'étoit deshabillé comme elle, il la tenoit dans ses bras, qu'el-

D 4

le

le croyoit encore que c'étoit une illu-
sion. Confuse, interdite, elle résiste, sans
sçavoir pourquoi : elle se refuse au pen-
chant de son cœur : elle voudroit que la
clarté des eaux se troublât, & la voilât
aux regards qui tombent évidemment
sur ses charmes. Elle tâche d'échaper,
& les efforts qu'elle fait, déployent aux
yeux de son Amant des beautés sans
nombre, dans mille mouvemens differens. Il l'arrête, il la fixe enfin ; l'Amour
les attache par un lien , dont ils ne con-
nurent l'usage qu'après en avoir éprou-
vé la douceur. Les flots même étoient
enflamés du feu que respiroient nos
jeunes Amans. Sans rompre la chaîne
qui les tenoit unis, Abderamen emporte Felime , languissante & pâmée , sur
le rivage ; & la Terre , comme l'Eau,
servit d'Autel à plus d'un Sacrifice.

Une douce langueur succede un moment à la rapidité de leurs desirs : ils se
tiennent embrassés, & se moüillent de
ces larmes délicieuses, que la satisfaction du cœur fait répandre avec une
joye pure sur l'objet qu'il aime. Quelque bruit, excité entre les arbres, les
fit s'attacher l'un à l'autre , & courir
avec précipitation à leurs habits. « J'ai
» craint

» craint que ce ne fût Kaillaz , dit Feli-
» me. Il ne peut blâmer les plaisirs que
» nous venons de nous rendre récipro-
» quement, je n'y vois rien de contrai-
» re au principe qu'il nous a recomman-
» dé ne point faire ce que nous ne vou-
» drions pas qu'on nous fît à nous-mê-
» mes. Les douceurs délicieuses où
» nous étions plongés, n'ont point fait
» tort à quoi que ce soit dans la Nature:
» nous nous communiquons notre
» bonheur , sans interrompre celui des
» autres Êtres. Cependant...... je ne
» sçai : mais.... enfin, je ne voudrois
» pas..... A ces mots, elle fut interrompuë par l'aspect de plusieurs hommes , qui les enleverent, & les empor-
terent tous les deux à un Vaisseau, d'où
ils perdirent bintôt l'Isle de vûë.

» Ma Sœur, que veut-on de nous?
» disoit tristement Abderamen. Nous
» n'avons fait mal à personne.... Que
» deviendra Kaillaz , quand il ne nous
» verra plus ? Il nous aimoit si tendre-
» ment !

» Cette idée leur fit verser des larmes.
» Loin de vous affliger, mes Enfans,
» les interrompit celui qui paroissoit le
« Maître du Vaisseau : rendez graces au
D 5   Ciel,

» Ciel, qui nous a fait passer encore à
» portée de cette Isle. Nous y aban-
» donnâmes, il y a près de vingt ans,
» l'impie Kaïllaz, qui n'adoroit point
» le même Dieu que nous, qui mépri-
» soit le Culte que nous lui rendions,
» & regardoit dédaigneusement nos
» Cérémonies. Il vous a sans doute
» imbu de ses principes ?

» Il ne nous en a point donné d'au-
» tres, répondit à Abderamen, que de
» ne point faire à autrui ce que nous ne
» voudrions pas qu'on nous fît. Quoi !
» reprit celui qui leur avoit déja parlé,
» il ne vous a jamais entretenus du Pro-
» phete Mahomet, l'Envoyé de Dieu,
» qui promet de si grandes recompen-
» ses aux Fideles qui suivent sa Loi :
» qui les placera après leur mort dans
» des Lieux fortunés, où la possession
» des plus belles Femmes répandra
» dans leurs cœurs une volupté aussi in-
» tarissable que leurs desirs ?.... Qu'il
» m'accorde seulement Felime, dit en
» soupirant Abderamen, & je serai aus-
» si heureux que lui !

L'innocence de ce sentiment atten-
drit tous ceux qui en oüirent l'expres-
sion. La navigation étoit favorable, &
l'on

l'on continuoit tous les jours à déve-
lopper à nos jeunes Amans les myfle-
res d'une Croyance fi nouvelle à leur
efprit. Par les meilleurs traitemens, on
tâchoit d'y engager leurs cœurs. On
leur ôta leurs habits, pour leur en donner de magnifiques. Des mets exquis
flatoient leur appétit, & des liqueurs
excellentes prévenoient leur foif.

Ils s'entretenoient une nuit tranquil-
lement, & les idées flateufes que l'A-
mour leur infpiroit, étoient bien éloi-
gnées du malheur qui les menaçoit ;
quand ils entendirent un grand tumulte, des cris confus, des gémiffemens ;
tout le Vaiffeau étoit en mouvement.
Abderamen s'arrache des bras de Felime, qui veut l'arrêter. Le premier objet qui fe préfente à fes yeux, eft le Ca-
pitaine expirant à fes pieds. Il eft lui-
même frappé d'un coup qui l'étourdit,
& le renverfe. C'étoient des Chrétiens
qui avoient rompu leurs fers , & dont
l'heureufe confpiration les avoit rendu
vainqueurs de ceux dont ils étoient efclaves une heure auparavant.

Abderamen , au bout de quelque
tems, reprend fes efprits : le coup qui
l'avoit abbattu n'étoit pas fanglant. Il

 fe

se leve. Aussi-tôt on se jette à lui, on lui donne des fers, en lui parlant cependant avec humanité, parce que ces Chrétiens, qui sçavoient son avanture, ne le comptoient point dans le nombre des Ennemis dont ils venoient de se venger. Son premier mouvement fut de chercher Felime. Il entre où il l'avoit laissée ; il ne la trouve point. Il revient. Quelle vûë ! Felime percée d'un coup mortel, couchée au milieu des morts dont le pont est tout couvert.

Felime.... ma Sœur... Que vous avoit elle fait ? barbares ! En prononçant ces mots, il saisit un poignard : ses liens l'empêchent de s'en servir, & son esclavage le sauve de sa propre fureur. Il demeure quelque tems immobile, les yeux fixes, & dans un silence farouche. La Nature ne peut soûtenir un plus long saisissement ; il tombe sans connoissance.

Il resta tout le jour dans cet état ; & ce ne fut que le soir, qu'aux larmes qui couloient de ses yeux fermés, on reconnut qu'un sentiment moins violent avoit succedé au desespoir & à la fureur. Felime, repétoit-il sans cesse, la charmante Felime n'a fait que paroître

sur

fur la Terre; elle n'y a vêcu que pour moi : elle n'eſt plus, & je vis encore! Ses beaux yeux ſont éteints pour jamais; & les miens s'ouvrent à la clarté du jour!... A ces mots, entrecoupés de mille ſanglots, il s'aſſoupiſſoit dans l'amertume de ſes pleurs.

La douleur n'eſt point une paſſion qui ôte la vie : il ſemble même qu'elle s'entretient dans le cœur avec une eſpece de douceur, qui ne nous arrache point aux ſoins que l'on prend de notre conſervation. Abderamen ſe laiſſoit enfin aller aux ſecours que lui donnoit un Iman Chrétien qui ne l'avoit pas quitté d'un inſtant, & qui lui devenoit, pour ainſi dire, de plus en plus néceſſaire, par le plaiſir que nous reſſentons tous à conter ros malheurs.

Il le faiſoit entrer dans la confidence de ſa vie dans l'Iſle, du progrès de ſes amours & de ſes plaiſirs ; & ce Chrétien paroiſſoit toûjours prendre un grand interêt à ce récit. Ces ſortes de gens ſont ſouples, inſinuans, & la vanité de voir les autres penſer comme eux, leur fait tout riſquer & tout entreprendre pour étendre leur Religion. Celui-ci, voyant un jour Abderamen un peu
plus

plus tranquille, crut avoit trouvé l'occasion de l'entraîner dans sa Secte.

» Mon Enfant, lui-dit-il, après la
» perte que vous avez faite, chaque
» instant de votre vie seroit une marque
» d'ingratitude, si vous cherchiez quel-
» que consolation sur la Terre. Mais il
» est un Etre suprême, qui vous a créé
» pour l'adorer & le servir. Peut-être
» ne vous a-t'il frappé, que pour vous
» appeller à lui. Il est jaloux de notre
» cœur, qu'il veut seul occuper. Rem-
» plissez-vous des mysteres de sa gran-
» deur infinie, & de sa bonté : penetrez
» votre ame de la sainteté de sa Loi,
» que je vous expliquerai ; & quand ce
» corps terrestre se détruira, l'esprit
» qui est en vous, & qui ne meurt point,
» jouïra d'un bonheur éternel......

» Je reverrois Felime ! lui deman-
» de avec empressement notre jeune
» Amant, toûjours passionné pour la
» mémoire de ce qu'il aime. Vous ne
» vous faites encore, reprit l'Iman, des
» idées de felicité, que selon vos sens, &
» comme ces malheureux Musulmans,
» avec qui vous avez vêcu quelque
» tems. Vous n'êtes donc pas dans la
» même Croyance qu'eux ? repliqua

Abde-

» Abderamen. Non, graces au Ciel,
» continua l'Iman : ils suivent les Dog-
» mes d'un Impie, avec qui ils soufri-
» ront après leur mort des tourmens
» qui n'auront point de fin ; & tous
» ceux qui, comme eux, meurent sans
» avoir été initiés aux graces de la Reli-
» gion où je suis né, sont condamnés à
» l'horreur des mêmes peines. Com-
» ment ! interrompit vivement Abdera-
» men, ce Dieu dont le nom seul m'ins-
» pire une idée si sublime, au milieu
» même des tenebres de ma Raison qui
» le cherche ; ce Dieu, dis-je, auroit
» porté Felime dans une Isle déserte où
» on ne l'éclaire point, il l'auroit con-
» duite au milieu des Musulmans qu'il
» reprouve, pour la punir après sa mort,
» de n'avoir pas eu l'occasion de s'ins-
» truire du seul Culte qu'il avouë ? Fe-
» lime, dont la bouche n'a jamais dé-
» guisé la verité, dont le cœur ignora
» toûjours l'artifice, & dont les yeux &
» les mains n'ont jamais été complices
» de la moindre injustice, Felime se-
» roit malheureuse, dans la volonté
» d'un Dieu qu'elle auroit adoré avec
» plus de pureté que nous, si elle avoit
» pû le connoître ?

En

En prononçant ces mots, il quitta avec indignation le Chrétien, & prit dès ce moment la résolution de se séparer de lui tout-à-fait, à la premiere occasion qui se présenteroit.

Le hazard favorisa bientôt son intention. Le Vaisseau fut obligé d'aborder pour faire de l'eau. L'Equipage se dispersa dans la campagne. Tandis que chacun est occupé du plaisir de toucher la Terre, il s'éloigna insensiblement, & se jetta dans une Forêt, dont l'épaisseur lui parut une sûre retraite.

Il n'avoit pas fait une lieuë dans cette Forêt, qu'il apperçut un homme assailli par deux Sangliers d'une grandeur énorme. Ses forces étoient épuisées par une longue défense ; au-lieu que leur sang, que ces fiers animaux voyoient couler, les rendoit encore plus furieux.

Abderamen ne balance point, il court où l'humanité l'appelle ; il frappe avec tant de bonheur, que ces especes de Monstres tombent sous ses coups. » Je vous dois la vie, genereux » Inconnu, dit celui qu'il avoit délivré. » La Chasse m'a exposé à un peril plus » grand que tous ceux que la Guerre

m'a

» m'a fait voir encore. Accordez-moi
» la grace de m'accompagner dans un
» lieu, où je tâcherai de vous marquer
» ma reconnoiſſance.

» Je me trouve heureux, répondit
» Abderamen, d'avoir eu l'occaſion
» d'entreprendre pour vous, ce que
» vous auriez fait pour moi ſi vous m'a-
» viez vû dans le même danger. Outre
» le plaiſir que j'aurai toûjours à vous
» ſuivre, je vous avouërai que la For-
» tune m'eſt ſi contraire, qu'il m'eſt in-
» different quel Païs habiter«. En achevant ces mots, il apperçut pluſieurs
Chaſſeurs qui venoient de ſon côté, &
il ne fut pas long-tems à connoître que
c'étoit au Roi de Serendib qu'il avoit
ſauvé la vie.

Ce Prince préſenta ſon Liberateur à
ſa Cour, qui groſſiſſoit à meſure qu'ils
approchoient du Palais. Abderamen y
fut logé. Chaque jour, le Roi lui donnoit quelque marque nouvelle de bonté & de diſtinction. Il le plaça dans ſon
Armée, à la tête d'un Corps de Trou-
pes conſidérable ; & il eut à s'applau-
dir de ſon choix.

Abderamen, dans un combat, char-
gea avec tant de bravoure & ſi à propos

pôs les ennemis, qu'il ramena la Vic-
toire qui commençoit à se déclarer
pour eux. Et ce ne fut pas la seule occasion où sa bonne conduite & son
courage décida des succès.

Souvent, les Grands-hommes ne
doivent leurs belles qualités qu'à l'ambition de paroître. En pratiquant les
vertus, ce n'est point la Vertu même
qu'ils ont pour objet, dans le fond de
leur coeur; ils sacrifient à la Renommée,
& à l'estime des Peuples, qu'ils veulent
se concilier: l'orgüeil est l'artisan de leur
mérite. Il n'en étoit pas ainsi d'Abderamen. La droite Nature dirigeoit toutes
ses actions : il soulageoit les Soldats, il
aidoit les blessés, il partageoit ce qu'il
possedoit, avec ceux qui avoient be-
soin, & il étoit étonné des loüanges
qu'une semblable conduite lui attiroit.
Quel est donc, disoit-il, le caractere
de ces gens-ci ? Est ce que je puis me
dispenser d'exécuter pour eux, ce que
je voudrois qu'ils fissent pour moi si j'é-
tois dans leur situation ?

Ses services augmenterent la confiance du Roi à un point, que ce Prince voulut concerter avec lui seul les
projets de la Campagne suivante, & les
moyens

moyens de la foutenir. » Mon cher Ab-
» déramen , lui dit-il, j'ai en tête plu-
» fieurs Puiffances , unies enfemble
» pour me détruire. Jufqu'ici , j'ai été
» victorieux. Mais mes Finances font
» épuifées , mes Peuples font chargés ;
» mes meilleurs Officiers ont été tués ;
» & ceux que les hazards de la Guerre
» ont épargnés , gémiffent fans récom-
» penfes, après s'être ruinés à mon fer-
» vice. Je ne veux cependant point ac-
» cepter une Paix deshonorante.

» Sire , répondit Abderamen , le ze-
» le que j'ai pour la gloire de Votre Ma-
» jefté , m'infpire quelques idées, que
» je prendrai la liberté de foumettre à
» fes lumieres , puifqu'elle m'ordonne
» de parler.

» Depuis que j'ai l'honneur d'être
» fous fa protection , je me fuis inftruit
» exactement des Loix , des Richeffes,
» & des differens Corps de l'Etat. Vous
» avez dans votre Royaume des milliers
» de Faquirs , de Bonzes , de Dervi-
» ches , de Calenders, & autres de cet-
» te Robe , qui joüiffent de revenus
» confid'rables en fonds, ou qui en ont
» d'affûrés dans les charités qu'on leur
» fait. Ces gens-là font reçus par-tout

avec

» avec quelque confidération : fans in-
» quiétude & fans travail, ils ont tout
» ce qui eft neceffaire à l'homme. C'eft
» d'eux qu'on peut dire, que la Nature,
» fans être cultivée, prévient les befoins.
» Ils n'ont d'autres peines que celles
» qu'ils veulent fe donner par leurs in-
» trigues dans toutes les familles, où,
» fous les noms fpécieux de zéle & de
» devoir, ils foufflent la médifance &
» la defunion, pour arracher les fecrets,
» & dominer fur ceux qui doivent les
» craindre après avoir eu une confiance
» trop aveugle. L'oifiveté regne parmi
» ces gens-là, & la pareffe en groffit le
» nombre. Ils attirent par leurs careffes,
» & ils infpirent le dégoût de la maifon
» paternelle au Fils de ce Bourgeois ri-
» che, que fon Pére veut obliger de
» s'attacher à une profeffion qui ne lui
» plait pas. Le Fils de cet Artifan & de
» ce pénible Laboureur, qui voit que
» fes parens, après avoir travaillé tout
» le jour, n'ont gagné le foir que dequoi
» foûtenir leur Famille, afpire après un
» genre de vie qui l'éleve, où il ne man-
» que de rien, où il n'a d'autre foin que
» de s'habituer à prononçer tous les
» jours deux ou trois milles mots.

» C'eft

» C'est ainsi que vous perdez, Sire,
» tous les ans, trois ou quatre mille
» Sujets, qui auroient été de bons Ma-
» telots, des Soldats disciplinés, d'ha-
» biles Négocians, ou de riches Labou-
» reurs, si les Derviches, en fréquen-
» tant dans les maisons, ne les avoient
» pas caressés dès leur enfance, & n'eus-
» sent pas, par leur exemple, anéanti
» en eux le goût du travail & de l'indus-
» trie...... Eh! comment remedier à
cet abus, interrompit le Roi?

» En défendant, Sire, repliqua Ab-
» deramen, aux Faquirs, Bonzes, Der-
» viches, & Calenders de votre Roïau-
» me, de recevoir qui que ce soit par-
» mi eux, avant l'âge de trente ans, &
» qu'il n'ait exercé dix ans la profession
» de son Pere.

» Votre Noblesse vous sert avec at-
» tachement, & s'en fait même un point
» d'honneur. Mettez-vous en état de
» donner des récompenses à un Noble
» qui a vieilli dans vos Armées : faites
» lui au moins goûter, sur la fin de ses
» jours cette honnête abondance dont
» a joui toute sa vie un Bonze, qui n'a
» cependant toûjours été qu'un fardeau
» inutile sur la Terre.

» Com-

» Comme étant le Prémier de votre
» Royaume, dites que vous voulez
» être aussi le Prémier Ministre du Dieu
» qu'on y adore. Sous ce Titre spé-
» cieux, assignez à ceux qui vous font
» utiles, des Pensions sur les Revenus
» considérables que possedent les Der-
» viches : permettez aux Nobles de re-
» vendiquer les legs considérables, qui
» font fortis de leurs Maisons en faveur
» des Calenders : réunissez vous-même
» à votre Domaine les fonds qui auront
» été alienez. . . . .
. . . .

(Il manque ici queque chose, qu'on n'a pû
traduire, le Manuscrit étant effacé dans cet
endroit.)

. . . .
. . . .

Le Roi communiqua ces projets à
fon Confeil, & la volonté où il étoit de
les exécuter. Peut-être en feroit-il venu
à bout : mais on le trouva, le lendemain, mort empoifonné dans fon lit ;
& Abderamen, en fe retirant le foir au
Palais, fut affaffiné par des gens incon-
nus.

LET-

LETTRE XIV.

ROSALIDE à FATIME.

JE n'ai pas le cœur moins bon que toi, ma chere Fatime. Crois tu que je puiſſe ſoutenir l'idée de te voir condamnée à des tourmens éternels, pour n'avoir point embraſſé une Religion que tu n'as jamais été à portée de connoître? Non, ma tendreſſe eſt d'accord là-deſſus avec ma raiſon. Dieu eſt trop juſte, pour exiger des hommes plus qu'ils n'ont été en état de faire. Mais, comme il eſt le maître de ſes graces, il a pû reveler ſa volonté aux uns, plus clairement qu'il ne l'a fait connoître aux autres, & leur deſtiner un bonheur plus grand dans une autre vie. Je ne deſeſpere pas qu'il ne te fourniſſe un jour les moyens de t'éclairer : je me le perſuade même, parce que je le ſouhaite ardemment.

Fin des Lettres Turques.

www.ingramcontent.com/pod-product-compliance
Ingram Content Group UK Ltd.
Pitfield, Milton Keynes, MK11 3LW, UK
UKHW022251120726
13694UKWH00003B/1028